U0585207

"我单身的最后一年"

MY LAST YEAR OF BEING SINGLE

王文华◎著

作家出版社

没有人想当孤岛，但有时自然就脱队了。

如果我"刚好"一个人，那我就"好好"一个人……

JANUARY

一
月

1

阿成微信明丽："介绍个男人给你。"

"对我这么好？"明丽回。

"他刚从美国搬回台湾。"

"几岁？"

"比你大一轮！"

"那怎么还没结婚？还是离了？"

"从没结过。"

"同志？"

"据我所知不是。"

"'不是'，还是'据你所知'不是？"

"这种事我怎么确定？"

"脾气怪？"

"比我好多了。大家都很喜欢他。"

"还是有心灵创伤？"

"喂，很啰唆耶，到底有没有兴趣啊？"

2

阿成推门走进餐厅，坐在角落的明丽站起来。

他的朋友叫小周。短发像刚除过草、被雨淋湿的草地。明丽说："你看起来好像还在当兵。"

"别被他外表骗了，他老到可以当总司令。"

"没错！"小周对明丽说，"我大你一轮！"

哎哟，阿成，你怎么把我的年纪告诉了他！

三人坐下，阿成刻意让明丽和小周面对面。

"刚才这样说不会失礼吧？阿成应该有告诉你我几岁吧？"小周说。

"没有。他只说你很有型。"

小周皱眉："哪个部分？脚底吗？"

服务员来点菜，明丽和阿成很快决定，小周犹豫不决。

"这个面是无麸质的吗？"小周问服务员。

服务员茫然。

"麸质，就是小麦中的蛋白质。我过敏。"

服务员向明丽求救。

"嗯……应该是一种过敏源吧……"明丽傻笑。她懂"肤质"，不懂"麸质"。

"没关系，"小周笑笑，"那我点饭好了。"

"我们是不是见过？"小周问明丽，"在阿成的婚礼？"

"好像没有……当天人太多了。"

"可能有一半是阿成的前女友！"小周笑，"所以阿成老婆最后得说：'谢谢所有前女友，让阿成变成更好的男人'——"

"别糗我了！"阿成打断。

"阿成嫂真幽默。"明丽笑。

菜上来，只有小周拿起手机拍。明丽好奇这个看起来很美味的中年男子，为什么未婚。

"你一直在科技业？"她旁敲侧击。

"没有，我本来做金融。"

"怎么会转行？"

"金融业太无聊了！"

"明丽就在金融业。"阿成幸灾乐祸。

"对对对，我也觉得金融业超无聊的。"明丽附和。

"所以做了几年后出国念书，念完就转行了。但转行后发现，科技业也不太有趣。"

"任何工作做久了都不有趣，"阿成说，"我在赌场上过班，够有趣了吧？一个月后我就受不了了！"

"因为日夜颠倒？"

"因为重复。"阿成说，"我在那儿认识了一些电影明星，他们也说，工作只有走红地毯时有趣。"

小周说："真的！我有几位朋友在演电影，大部分时间，他们做的事跟我们一样枯燥，一个镜头拍五十次。还不能像我们朝九晚五，在办公大楼吹冷气。"

"认识那么多明星，怎么还单身？"明丽问。

"认识明星，跟单身有什么关系？"

"身旁如果有这么多美女，应该很容易找到对象吧？"

"这么说的话，演艺界的人应该都已婚了喔？"

明丽笑。

小周反问："金融业条件好的男人很多，那你为什么还单身？"

"她也是'一个镜头拍五十次'，太挑了。"阿成说。

明丽摇头："太挑两个字，简化了。就像女人说'No'，男人就说她放不开。"

小周点头："其实我们只是没遇到合适的人。"

明丽附和："但合适这东西很狡猾，一眼、一时都看不出来。有时遇到，却不知道。"

"听起来你遇到过？"小周逼视明丽的眼，明丽回看着他。

四目相对被阿成打断。"我遇到过，而且还娶了她。"阿成说，"你们要有心理准备，合适的人就像在金融业上班，通常很无趣。"

"这么悲观？"小周说。

"而且也是'重复'的。"阿成说，"但合适的人也像金融业一样，会付你好的薪水，给你舒适的环境，很稳定。"

明丽问小周："你'合适'的标准是什么？"

"其实也没什么标准，在一起自在就好。"

"这才是最高的标准！其他条件都还容易，因为可以量化。

自在……就完全是自由心证了。"

"不好吗?"

"没有不好。所以我说合适很狡猾。因为不同阶段、不同时段，甚至星期一和星期五，你对自在的感觉都不一样。"

"我现在还蛮自在的。"小周说。

"怎样的人会让你自在?"明丽问。

"柔软一点的人。我过去的对象都太强势了。"

"柔软的女人很多啊!"明丽说。

"你帮我介绍?"小周说。

阿成放下水杯，差点呛到。

这不是他想要的结果。急忙问:"你对柔软的定义是什么?"

"不要像刺猬一样，随时准备发动攻击。"

"怎么不早说?"阿成用玩笑来化解尴尬，"明丽可以参加海军陆战队!"

"真的! 我早上起来头发都跟刺猬一样。"明丽吓他。

"要不要我送你一罐润丝精?"小周问。

"一般的没效，要工业用的。"

小周笑了出来。

"既然标准是柔软，为什么过去的对象都强势呢?"

"追她们的时候她们都很温柔，交往后才变强势的。"

"对象会改变，跟当事人本身也有关。"

"没错，也许交往后她们发现我外强中干，就开始变强势了。"

明丽听出他可以开玩笑，便说:"那我先说喔，我很强势，没事不要追我！”

　　“好，我会自制。”

　　小周拿起汤匙，吃了一口无麸质的炖饭，慢慢咀嚼。

　　明丽卷起有麸质的面，慢慢放入口中。

　　他们没有说话，但各自的刀叉铿锵地响，像是在继续讨论着彼此是否合适。

3

　　走出餐厅，下着雨，典型一月的台北。

　　“要不要去喝点东西？”阿成号召，“我知道附近有一家很好的咖啡厅。”

　　“好啊！”明丽响应。

　　小周看了看表，摇摇头：“我也想喝，但你们去吧，我待会儿还要洗牙。”

　　“啊？”阿成反应。

　　明丽面不改色，但心里也扑哧大笑。

　　“洗牙。”

　　“牙哪一天不能洗？”阿成抗议。

　　小周说：“这医生很难约，约了很久才约到今天下午。”

　　“洗牙有什么难的，我帮你洗！”阿成戏剧性地抓住小周的肩膀，伸手抓他的牙，“我还顺便帮你刮胡子。”

"我不要刮胡子!"小周摆脱。

"我从来不洗牙,也没事。"阿成说。

"你口腔细菌很多,只是你不知道。"

明丽看得出小周不想去,反而松了一口气。她索性跟着胡闹:"听说舌吻可以消除口腔的细菌。"

阿成看了明丽一眼,立刻配合:"那是嚼口香糖吧?"

"有这种说法?"小周笑,"我待会儿问问牙医。"

明丽继续扯:"听说法国航空发明了一种口香糖,起飞和降落时嚼,耳朵就不会不舒服。"

"这我倒吃过。"小周说,"法航的休息室都有,还有烤布蕾的口味。"

"哇……好想吃。"明丽说。

"下次帮你拿一条。"

"那交换一下微信吧!"阿成看大势已去,只好做结。

走到停车场,小周说:"要不要我送你们?"

"不用了!我们散散步!"

小周用遥控器打开车门。

"这车很适合你今天的造型。"明丽用手比划了一下,像是摄影师要拍他。

小周绕到驾驶座门外:"找到适合自己的很重要。"

"座椅一定很'柔软'吧?"

"还是'硬'了一点。"

小周打开门,低下头,然后想起什么似的,慢条斯理地说:

"很高兴认识你，明丽，我们再联络！"

"嗯，再联络！"

4

小周开走，溅起雨地的积水。

明丽挥手，溅起甜美的笑容。

她的嘴型如此柔软，像一条没有麸质的意大利面。

"你为什么觉得那车适合他？"阿成问。

"那是奔驰。适合他，适合我，适合你，适合所有的人。只是我们不适合奔驰。"

"不适合我！我刚才坐他的车来，座椅真的很硬。"

两人走出巷弄，走向大街。

"如何？"阿成问。

"很棒啊！还重视口腔保健，真是无懈可击了。"明丽说，"但他对我没兴趣。"

阿成试图安慰："不知为什么，当他说要去洗牙时，我突然觉得他是同志。"

"哈哈，别这么说。如果对我没兴趣的都是同志，那么就像孙文先生说的……'同志仍须努力'了！"

"这什么逻辑？"

"我倒是第一次听到洗牙这种借口。"

"搞不好他真的是去洗牙。有些人很重视洗牙。我老婆每隔六个月又六天，一定去洗牙。"

"为什么是六个月又六天？"

"因为她六个月提醒自己一次，但那个牙医很忙，预约要等六天。"

"那为什么不五个月又二十四天就提醒自己一次？"

阿成的脸一片空白。

"你看，我老婆就没有你这么聪明！"阿成说，"但太聪明，会给男人压力。"

"会不'柔软'？"

"不'柔软'。"

"你老婆会给你压力？"

"我老婆不会。"

"那才是真正的聪明！"

"不过我结婚两年了，可能对压力也适应了。小周我就不知道了。他在美国打天下，应该是那种自视甚高、希望女人配合他的人。"

"自视甚高的人对我没兴趣，我自尊心要变低了。"

"套句他刚才说的，不是因为你不好，只是因为你们不适合。"

"所以强的男人，不挑强的女人？"

"好像是。"

明丽摇头。

"别太难过。这不是你的问题，是男人的问题。"

"我摇头是因为，其实我是弱女子啊！"

"但他来不及看到你那一面。"阿成说，"你下次要不要改变策略，把脆弱的那面先表现出来？"

"那样他会说，"明丽模仿小周的口气，"其实我也没什么标准。我想找一个'独立'一点的女人。我过去的对象都太'黏人'了。"明丽笑，"总之，怎么做都不对。"

"真庆幸我结婚了。"

"你应该庆幸你不是女人。"

"但就算你是男人，也会碰到同样的问题。你如果很强，女人觉得你大男人。你如果很温柔，女人觉得你没男子气概。"

"是啊，男人也不好当！"

"同样的特质，就看对方怎么诠释。喜欢你的，通通是优点。不喜欢你的，所有优点都可以挑剔。我以前留胡子，我老婆觉得我很 man。现在我两天不刮，她觉得我很脏。"

"情人眼里出西施？"

"所以小周有大智慧！"阿成总结，"到头来，就看彼此合不合适。合适的人，会对你各方面都有善意的诠释。"

"但大智慧的人话都只说一半。"明丽说，"怎么知道找到了合适的人呢？"

"大师没指点，可能是留在下次见面。他不是特别说：再联络吗？"

明丽笑了："我知道'再联络'的意思。我对别人说过。"

5

是啊，那些被明丽"再联络"的男人，不会相信她到三十五岁还单身。

明丽从小活泼，会讲话，讨人喜欢。高中时组乐队，她打鼓，下课后常有男生在学校门口等她。

"我们去美术馆好不好？"男生问。

"不是要逛书店吗？"

"美术馆有特展。"

他们坐公车，一路晃到中山北路的美术馆看素描展。她对美术没兴趣，但舍命陪君子。走了一小时，忍不住打哈欠。

"你没兴趣？"

"喔，没有，没有。不好意思，天气变了，我过敏。"

"过敏会打哈欠？"

回来后他跟她要生活照。她站在教室外走廊的窗前，请同学帮她拍了一张。

一个礼拜后，男生画出一张一模一样的素描。背面写着：

"你的照片我留下来了，你的笑容像观音。"

但她没有显灵。上大学后，明丽在台北，男生去了南部，他们就淡了。

但那张素描，她一直留着。

窈窕淑女，君子和小人都好逑。大学时碰到几个花心男，她很机灵地闪过子弹：不好意思，我今天头痛、我拉肚子、我妈妈住院……

快递送了一篮水果到她家，上面附了一张慰问卡给她妈妈。她妈哭笑不得："为什么你不喜欢人家，我要住院？"

有一次，明丽的妈妈真的住院了。她感觉这是报应，再也不敢用这借口。

"周末去看电影？"追过她室友的男生来约她。

"对不起，我'邻居的妈妈'住院了。我要帮他们看小孩。"

是命运还是选择？彼此都有好感的，都不长久。原因很多：她太忙，或他太忙。他太爱她，或她不爱他。

在一起的原因只有一个，分手的理由却很多。

毕业后她进了大公司，一步一步往上爬。

工作表现得越好，追求的人越少。

工作表现得越好，约会的时间越少。

工作表现得越好，她对男人的需求也越小。

工作表现得越好，男人对她的要求也越高。

有一阵子，她每天加班到晚上十一点，自然无法约会。一个男的猛追。

"不好意思，我星期五要加班。"

"星期五还加班？"

"很扯吧！钱这么少，事这么多。"

"没关系，我们晚一点吃。我等你。"

"可是我要搞到晚上十一点。"

"搞那么晚，同事也不在了吧。周末在家做不是一样？"

"大家都走了，我工作效率更好。"

"你负责吸地毯吗？为什么大家走了你的工作效率更好？"

她不负责吸地毯，也没有地毯式地找对象。三十岁前，认真的男友只有两个。一个交往了一年，跟她求婚。她觉得太快，男生不愿等，分了。

另一个她准备好想嫁，但对方还想冲事业，也分了。

结婚的条件不是爱情，而是时机。

而时机对的人，口味不太一样。

"不好意思，"男生约她晚餐，她回复，"我星期六要健检，这几天要控制饮食，只能吃白吐司。"

第二大，那男生快递了一包白吐司到公司给明丽。卡片上写着：

"怕外面的吐司加了些有的没的，我自己做了一条。"

她很感动，传给他三个流泪的符号。

但吃了一口，吐了出来。

他真的没加有的没的。他什么都没加！

她把吐司放在公司茶水间，请同事吃，没人碰。

那天好友春芸从高雄上来办事，下班后来公司找她，吃了一片吐司，勉强下咽。

"不像吐司，像土。"春芸灌了一口开水，"但精神可嘉，跟他见个面吧！"

明丽微笑。

春芸看得出她的意思："为什么连试都不试？"

"就没感觉啰……"明丽说。

"你宁愿回家一个人，吃冷冻库的东西，也不愿吃刚出炉的吐司？"

明丽点头："吃冷冻库的东西，没有牵扯。"

"谁说的？好的冷冻披萨微波后还是会拉丝喔！"春芸当然不是在评论美食，于是补上重点，"没有牵扯，就没有爱。"

"有牵扯的爱，结果都很惨。我和身边的朋友，都有经验。"

"你们是爱上自己，还是对方？"

明丽笑了，她分得出两者的差别，于是说："一样惨。只不过一种是惨在当下，另一种是惨在未来。"

"那你怕的是哪一种？"

"明丽，听说你做了吐司面包给大家吃？"一位男同事走进茶水间，打断了这场对决。

她们相视而笑，离开茶水间。把这问题留给面团，继续发酵……

6

明丽会听好友的话。

健检后，她请吐司男吃饭，谢谢他的面包。

"上次的白吐司好吃吗？"一见面他问。

"哦……很好啊!"

"就知道你喜欢,"他为自己拍拍手,"所以这次我带了这个!"

他从背包里拿出一袋……

馒头!

"也是我自己做的!"

他把塑胶袋提到肩膀的高度,仿佛是敌人的首级。

明丽目视,大概有十几个吧。透明塑胶袋内都是水汽,显然在馒头还热时就放了进去。

"哇……谢谢。"明丽努力想伸出手接下,手却不听使唤,"这……这我怎么吃得完?"

"没关系,分给你爸妈。"

"可是……他们比较喜欢吃烧饼油条耶。"

"没问题,那我下次做烧饼油条!"

"喔,不用了!不用了!"

"你怎么学会做馒头的?"明丽找话题。

"没办法,要吃早餐啊!"

"早餐不一定要吃馒头啊?"

"唉,你很不知民间疾苦耶!其他早餐都很贵,只有馒头最便宜。"

"不差这几块钱吧?"

"能省则省啰!"

他们的对话像面团,推起来很吃力。

她的后脚跟,从高跟鞋里抬起来、又放下去,抬起来、又放下去……

　　无意识中，脚跟磨破了。

　　"不好意思，我去洗手间一下。"

　　她拿着包包，找出创口贴，贴上。

　　以后下班后，别穿高跟鞋了。

　　明丽坚持买单，她真心希望他把钱省下吃比较好的早餐。

　　"还让你请客，不好意思。"

　　"你想法过时啰！谁说吃饭一定要男生请客？"

　　像提着灯笼，明丽拿着一大袋馒头离开餐厅："我去前面坐地铁，你呢？"

　　"你要回家啦？时间还早啊！"

　　"今天要回家倒垃圾。"

　　"倒垃圾？"

　　她一边走向地铁站，一边问他："你都怎么倒垃圾？"

　　"放在大楼的楼梯间。"

　　"你命真好！我住老公寓，没有人来收垃圾，得赶台北市的垃圾车。"

　　"不能明天倒吗？"

　　"明天就不能回收瓶罐了啊！"

　　"什么意思？"

　　"唉，你很不知民间疾苦耶！"她模仿他的口气，"不是每样东西，每天都可以倒。台北市政府规定，某些东西，只能在某几天回收。比如说瓶罐是星期二、四、六，报纸是星期一、五。"

"喔……"这对男子来说是全新领域，"你还订报纸？"

"我没订。但我有瓶罐。"

"瓶罐晚几天回收无所谓吧，又没有味道。"

"堆在那边很碍眼。"

"这样啊……"他拿出揉面团的劲道说，"没关系，我送你回家，把你的瓶罐拿回我家丢。"

"哎哟……"明丽没料到这招，她接住，"那我的秘密不都被你知道了！"

"瓶罐里会有什么秘密？"

"我酗酒的酒瓶啦，皮肤病的药膏啦……"

这些话没吓跑馒头男，他还是天天传讯息。她只好祭出女生都会用的借口。

"谢谢你对我这么好，但我现在不想谈恋爱。"

"没关系，我可以等你。"

"其实……我已经有男朋友了！"

"没关系，我还是可以等你，或是等他。"

"你等他干吗？"

"也许有一天，他……"

他怎么样？变心了？出意外了？

就这样，二十岁后期，她哭笑不得，跟很多男人擦肩而过。"饭友"很多，"朋友"很少；微信"好友"很多，线下的"好友"很少。

在她上下班的窄小生活圈，男人像台湾的四季，虽然温度不同，但天气都差不多。

她想摆脱"亚热带气候"，遇到"地中海气候"或"大陆性气候"的人，却不知如何改变。

她想把三十岁前的自己，像瓶罐一样回收，开始新生活，却不知应该在星期一、五或二、四、六。

她完全遵守公司SOP，把每件事情做好。但感情，没有SOP。

她担心，但不着急。三十岁毕竟还年轻，女性朋友都还没嫁，而身边似乎还有很多单身男子。

然后情势变了。

7

三十岁后少数认真的关系，是跟阿成。

她在三十二岁那年认识阿成。阿成是不同楼层的同事，小她两岁。她从没想过跟同事交往，更别说比她小的。但阿成追求的方式，让她动心。

"明天一起吃早餐。"那不是邀请，是命令。

"哪有人约会吃早餐啊？"明丽抗议。

"我不是人吗？"

"吃什么？"

"大肠面线好不好？"

阿成跟之前追她的男人都不一样。他没车、没房、没像样的西装，只有一脸延伸到日本的胡楂。

"我不是人吗？"

他不是人，他是野人，不小心被丢到办公大楼放生。

他们第一次出国，是到日本新潟县苗场参加"富士音乐祭"。三天的音乐会很 high，从早到晚站在舞台下摇摆，间奏时看着彼此，他突然问："你为什么留短发？"

"什么？"她听不到。

"你为什么留短发？"

"好整理啊！"她边摇边叫。

"你应该留长。你的脸型留长很好看。"

他拿起手机，自拍两个人。

"等你留长后我们再自拍一张，你比较一下就知道。"

"那也要我留长后我们还在一起——"

然后他就吻她了。

她踮起脚，把他抓得很紧。

"你留长后，我们当然还在一起。"阿成说，"你长发变白后，我们还是在一起。"

是这句话？还是舞台上的那首突然节奏加快的歌？让她开始狂吻他。好像他们是 MV 中的男女主角，而 MV 中下着大雨。他的胡楂是干旱的土壤，她的吻是大雨，雨淹没了土壤，让荒地中开出了花。

吻完后，阿成竟无厘头地说："听说舌吻可以消除口腔的细菌。"

"那是嚼口香糖吧。"明丽故意岔开话题。

"你有口香糖吗?"

"现在没有。"明丽再把阿成抱过来,"我嘴巴里的细菌最多了!"

那个吻,比台上那首歌还长……

下一首歌,下一个游戏。鼓声响起时,阿成说:"我背好痒,帮我抓。"

"什么东西啊?"

"抓背啊? 不会吗?"

她用两手帮他抓。

"伸进去抓!"他命令。

她的双手伸进他的 T-shirt,随着台上乐手的节奏上下移动,双脚跟着跳。

他露出满足的表情,不断点头,不知是在赞许台上的贝斯手,还是背上抓痒的手……

"不过瘾,用力一点!"

她加强手腕的力量。那一刻,她又变回高中乐队打鼓的明丽。

一回到东京,背景没音乐,两人就吵架了。

两个人个性都强,光是为了坐哪一班公车回饭店,就可以闹僵。

一个说坐这班,一个说坐那班。两班车都来了,但两人都不愿意跟对方上去。

其实两班车都可以上,只是没有一班有台阶让他们下。

杵在人行道，相隔五公尺。明丽看着路面上的警告标语："合流注意"。

这是在警告什么？

阿成坚持的那班又来了。

"我要上了。"他上了车，她站在原地不动。

车门关上前，阿成跑下车来，众目睽睽下用中文大骂："你要什么脾气啊？你以为这是在台湾啊？赶快上来啊！"

她没有听过这么大声的怒吼。明明是七月，她却全身发冷，像在高速公路上刚闪过一辆迎面冲来的车。

阿成用手挡住车门，司机用日文叫他离开，满车日本乘客看着他们。

然后阿成用力扯她的左手腕，把她拉上车。

那个白天帮阿成抓痒的左手腕，和那个清晨在大肠面线摊子上涌现的某种感觉，在那一刻瘀青了。

回到旅馆，似乎是为了补偿，他们激烈地做爱。

身体的自弃，和心理的恐惧，夹攻她。她被压到床边，左手腕悬空，和其他部位同时痛到在震动。

她闭着眼睛，眼泪却被挤了出来，从床边流到地毯，流向衣橱，流进衣橱的保险箱……

保险箱的门开着，里面有东西吗？我的护照，我的身份证，还在里面吗？

阿成看到她的泪水，努力地吻干，像止血一样用力。"我爱你……我爱你……"他用气音不停地说。

他的胡楂，变成锯齿。

第二天醒来，阿成早已叫了客房服务，早餐摆在推车上。

"哇！好棒！"明丽也想和好，"我从来没吃过客房服务耶！"

"这个要特别解释一下。"阿成打开一盒像糖一样的粉末。

"是糖？"

"面粉。"

"为什么有面粉？"

"我跟他们要花 flower，他们送来面粉 flour。"

明丽大笑，像窗外的阳光一样明亮。他们又回到了 Fuji Rock
的摇滚区。

"试着想象，这边有一朵玫瑰。"

他们平静地在那罐面粉前吃了一顿早餐。像盘中的荷包蛋，
她始终保持着笑容。

回台上班，她换穿长袖，遮住左手腕。

"大热天怎么穿长袖？"同事问。

"生理期，有点冷。"

阿成出了事。他在会议上对着主管说："你白痴啊你！"

私底下，他成为英雄。公文中，他被炒了。

他消失了好几天。她传讯息给他，他都没回。打过去，也关
机。她担心他出事，跑到他家去按电铃，没人接。信箱口塞满了
广告信，她帮他拿出来。

一个礼拜后，他在公司大楼门口等她，在车水马龙的噪音中
说："这些人不值得你卖命，跟我一起去新加坡。"

"去新加坡干什么？"

"那边有更好的工作机会，薪水是台湾的两倍。"

"什么机会？"

"一间赌场。"

她没有答应。她不是那种为了男人立刻搬到新加坡的女人。

这一回他没有拉她。

在演唱会的摇滚区，他们是金童玉女。在办公室前的人行道，他们变成甲乙丙丁。

他们没有撑到，她头发留长的时候。

8

他没有拉她，她也没有拉他。

她知道自己想法多，需要一个愿意给空间的男人。阿成不是。

但有这种男人吗？

阿成之后，她遇到一位会计师。离婚了，个性很好，约会的时间、内容都问明丽意见。

"挑一家你喜欢的餐厅吧！"他发短信。

她喜欢吃大肠面线，但知道不适合会计师。她想不出其他选择，过了两天还没回。

"这不是最后的晚餐，不用这么慎重。"他说。

"对吃我真的是外行，你决定吧。"

会计师在明丽办公室附近订了一家餐厅。那餐吃得很轻松，直到上提拉米苏时。

"我有一个孩子，我想约你跟他见面。"他说。

她停下切提拉米苏的叉子，把已经滑进喉咙的那口咽下。

三十岁前，她会因此而放下叉子。

现在，她把提拉米苏吃完。

她答应跟他们父子周末下午一起去公园玩。孩子三岁多了，不断把带来的玩具丢向远方。明丽和会计师像两只狗，忙着捡主人丢出去的球。

"嚯，他精力真充沛！"明丽擦着额头上的汗。

"一定是看到你太 high 了！"会计师说。

"噢！"明丽匆忙补妆时，孩子把玩具丢到她头上。

"不可以！"爸爸训斥，孩子大笑。

"你在干什么啊？"孩子问。

"我在脸上'画图'啊！"明丽说。

旁边有别的家庭在玩球，球意外滚到明丽身边。明丽拿起那颗大球，在手上抛来抛去："弟弟、弟弟，你看、你看，好漂亮的球球！"

没想到弟弟突然大哭："那是我的球！那是我的球！"

他哭了半小时。

明丽跟球的主人商量，想用一千块买他的球，对方不卖。

"不好意思，小朋友就是这样……"会计师抱歉。

"不会、不会，我小时候比他还凶。"

一语成谶，那个提拉米苏之夜，变成他们"最后的晚餐"。

而时间也像一颗球，意外滚到身边，又意外滚走。你想买，也没有人卖。

然后明丽就三十五岁了。

9

她维持单身的意志第一次动摇，就在那年。

她帮一位朋友过生日，两个人约在西餐厅。她先到，坐下。然后朋友打来电话说家里临时有事不能来了。

既然来了，还是吃吧。

"小姐今天改成一位？"服务员问。

明丽点头。

然后服务员铿铿锵锵地，把另一个人的刀叉酒杯收走。

几秒钟后，桌子另一边就一片净空。她感觉，自己被剃了光头。

桌巾白得闪亮，甚至刺眼。邻桌成双成对的客人，聊天的音量越来越大……

她拿起手机，想逃入荧幕中。

但没人传讯息给她。微信上的动态，都是半生不熟的朋友的炫耀文。

她放下手机。邻桌情侣爆笑。

"不好意思,我临时有事,不能留下来吃了!"她拿起包包,落荒而逃。

明丽只是动摇,但她妈却开始全方位地恐慌。

她动员了所有阿姨婶婶,积极帮女儿物色对象。

她把明丽看起来最年轻的一张照片放在手机桌面,并传给群组中每一位亲友。他们以公民运动的规格抢救明丽,仿佛她是一片不能被开发的山林,或不能被拆的古迹。

"哎呀,我一个人很好啦!"周末回家吃饭,明丽先是用俏皮的口吻抵抗。

"好什么?我看你越来越瘦。"妈妈说。

"我自己赚钱,自己花,不用照顾任何人。很自在啊。"

"自在什么?女孩子年纪到了就是要结婚。"

"呵……你这样讲有性别歧视喔。"

"我有什么性别歧视?男孩子年纪到了也要结婚。你弟不就结了。你看他现在多好!"

明丽被刺了,但忍住不叫痛。

"我很多朋友结了婚,都不快乐。老公偷吃,小孩不听话,没有自己的时间,麻烦很多啦!"

"你怎么都举这么极端的例子?你弟不就很好?"

"你怎么知道他们很好?搞不好他们有自己的问题。"

"不要乱说!他们有房、有车、有小孩,有什么问题?"

有房!有车!有小孩!三个巴掌,一个接一个,打在明丽脸上。俏皮的兴致,全被打趴。

"上次要介绍给你认识的那位先生，下个月又要回台湾了，你这次不要再逃了。"

"哎哟，妈，我自己会认识人啦。"

"自己认识就快啊！你这样下去，将来谁照顾你？告诉你喔，我们可不会照顾你一辈子！"

"你们现在也没有照顾我啊！"

"那是因为你现在还年轻，不用照顾！过几年呢？"

"喔……所以我还年轻？那你们急什么？"

"你还年轻啊？人家杨妈妈的女儿，小孩都十岁了。"

"你们不要老讲她。她是她，我是我。"

"什么她是她，你是你，你又不是在深山隐居！杨妈妈每次见到我都会问你，还说要帮你介绍。"

"妈，每个人都说要帮我介绍，大部分只是随便说说，你不要当真。"

"我当然当真，你是我女儿耶！不结婚，一个人住在外面，我怎么能不当真？"

明丽站起来整理碗盘，把桌面上的卫生纸抓在一起，蹲下来，夹起地上的菜渣。

不能再讲了，再讲下去要吵架了。

"好……她是她，你是你……反正我们老了，没有用了，讲什么你都听不进去……"

"你这样讲干吗？"她还是忍不住爆出来。

"那要怎么讲？随便你啦，反正我们再活也没几年……"

明丽走进厨房，把垃圾桶的盖子踩起来，把卫生纸丢进去。

她想把自己也丢进去。

一个月后，同样的对话又重复一遍。只不过这次，压力具体了。

"这男人不错，事业很成功，从来没结过婚。他昨天回到台湾，待一个礼拜，想约你星期天下午见面。"

去吧，别再让妈讲那么难听的话……

"年纪多大？"明丽问。

"快五十岁了。但他从来没结过婚喔！"妈妈强调，好像这是一个天大的优点。

"我不介意结过婚的，有时结过婚的男人，比没结过的成熟。"

"不要自贬身价，你还不需要迁就。"

"这怎么是自贬身价？"明丽说，"而且，他五十岁却从来没结过婚，不是很奇怪吗？"

"人家忙于事业啊！所以现在这么成功！"

妈妈秀出手机桌面的明丽美照："给他看这张好不好？"

"干吗？"

"他跟我们要照片。"

"你好像在卖女儿喔！"

"怎么这样讲？你长得不差，怕什么？"

"那他的照片呢？"

"我们给了人家之后，人家自然会给我们。"

"这是在交换人质吗？"

"不要幼稚！谁先谁后有什么关系？"

"这礼拜特别忙，下礼拜好不好？"明丽垂死挣扎。

"他只待这个礼拜，办完事就走。"

"好像购物中心在招商喔。"

"乱讲话！"妈妈作势打她，"你喔，就是嘴巴坏。跟人家见面时，不要要嘴皮子。多听、多学！"

明丽答应去多听、多学。

几天后，收到男方的照片。什么东西啊？滑雪场拍的，全副武装，什么都看不出来。

男子传短信给她："我们约在 ACC 好不好？"

她上网查 ACC，是"氨基环丙烷羧酸"的缩写。

"ACC 是什么？"明丽问他。

"美国俱乐部，在大直北安路。礼拜天下午三点四十五好吗？"

三点四十五？

她在剑潭地铁站下，走到美国俱乐部，迟到了十五分钟。

那男子正在跟另外两个年轻男子讲话，看她来了就把他们支开："那就这样，明天到公司再谈。"

"嗨，是明丽吗？"他立刻改变口气，伸出手来握，"How are you doing？"

"嗨，你好。"明丽跟他握手。

"你……"他打量着她，"你跟照片上不太像耶。"

明丽尴尬，笑说："现在美肤软件很强。"

"先点东西吧。你想喝什么?"

明丽点了咖啡,正式道歉:"不好意思我迟到了。我没来过这里,没想到离地铁站有点距离。"

"你没来过 ACC,怎么可能?"

我又不是美国人,干吗来过美国俱乐部!

但明丽想起多听多学的使命,谦卑地说:"不好意思、不好意思……"

"没关系,反正我们刚才也在开会。"男子把手上的公文合起,正式进入下一个议程,"我在微信上找不到你!你是用'Ming Li'吗?"

"我是用中文名字'陈明丽'。"

从微信账号开始,男子连续问了十几个问题:"你念哪所大学?""你在公司负责什么业务?""你老板是谁?""你有固定运动的习惯吗?""你有没有养宠物?"……

你要不要问我最近有没有去过禽流感的疫区?

但他最后问的是:"你为什么还没结婚?"

"单身没什么不好啊!"明丽给出标准答案,"很自由,有时间追求自己的兴趣。"

"你是喜欢自由的那种女生?"

"有女生喜欢被奴隶吗?"

"No,No,No……我是说,自由对你很重要?"

"当然啊!自由对你也很重要吧。像你就可以去滑雪啊,你在滑雪场拍的那张很帅喔!"

"我刚去北海道的二世谷滑雪，你喜欢滑雪吗？"

明丽摇摇头，突然提高音调："但我喜欢吃思乐冰！你喜欢吗？"

"我不喝冰的。"

美国俱乐部，变成二世谷。气温低、雪薄。站在起点，他们却滑不下去。

然后他接了三次电话。

"不好意思，这通我得接。"他站起来，走到窗口，背对她。

明丽开始打量周遭的环境，她好想吃思乐冰。

"不好意思，今天事特别多。"他回来坐下。

"没关系，你忙吧。时间也差不多了，我待会儿还有事。"

"我送你。"他立刻说。

"谢谢，不用了。"

"没关系，我也要走。"

他们走到停车场。

"前面那台 Lexus。"他指。

"前面有好几台 Lexus。"明丽说。

"那台 LS。"

明丽走到一台 Lexus 旁边。

"这是 ES。我的车是那台 LS。"

"你那辆比较大耶！"明丽说，"所以，汽车跟 T-shirt 一样，L 代表大号吗？"

他没有笑。

"你家在哪儿？"

"没关系，就送我去地铁站吧。"

到地铁站短短的三分钟，明丽深躺进 Lexus LS 的皮椅。

"你喜欢滑雪，为什么不吃冰呢？"她问。

"就像我喜欢泡汤，但不一定喝茶啊！"

明丽睁开眼睛，这是他们的对话第一次有了交集。

但剑潭站已经到了。

晚上，她回妈妈家"结案"。

妈妈打开门看到她，整个人肩膀塌下来，长叹一口气。

"怎么没一起吃饭？"

"我们年纪差太多了，没有话题。"

"什么没有话题？你不是什么都能掰吗？"

"你不是叫我不要耍嘴皮子吗？"

"没有话题就制造话题，人家事业那么成功，跟人家多学一点。"

"我是找老'公'，又不是找老'师'。"

"夫妻就是亦师亦友啊！"

"你跟爸亦师亦友吗？"

"你跟我们比？我们二十七岁就结婚了，你呢？"

"医学进步了，现在的三十五岁等于你们那时候的二十七岁。"

"胡说八道！医学进不进步不重要，你要进步！找对象不要只看缺点。人家事业那么成功，一定有很多优点！"

"那些优点，让他是好'老板'，未必让他是好'老公'喔！"

"那你要嫁个穷光蛋吗？"

"中间还有很多其他选择啦！"

10

明丽的确胡说。现在的三十五岁不等于那时代的二十七岁。

明丽也的确胡说。中间的选择，正逐渐减少。

三十五岁后，明丽发现生活有了变化。

以前从星期二开始，周末的邀约就持续涌进。各种群组的活动，像 101 的烟火。

随着身旁好友一个个结婚、生子、去上海，呼朋引伴的人少了，即时回复的人也少了。

晚餐约不起来了，下午茶勉强可以。

聚会时从订包厢，到订四人桌，最后被迫坐上吧台。

落单，过去不是问题，而是松一口气。在赶行程的年纪，她珍惜一个人看电影，一个人吃晚餐，一个人做 Spa，一个人旅行。

像一款高级耳机，一戴上，立刻过滤掉外界的噪音。

但当外界一片寂静，这耳机就显得累赘了。

一个人看电影？网路上看就好啰。

一个人吃晚餐？家里随便吃吃吧。

一个人做 Spa？泡泡热水澡也差不多。

一个人旅行？只去邻近的香港。

　　她慢慢失去兴致，去维持过去多年来努力营造及炫耀的生活品质。

　　难道这就是所谓的"初老"?

　　她开始认识这种感觉，像要摸熟一位新朋友。

　　这新朋友像霉菌，白天在她的衣食住行，夜里在她的杂梦之间，悄悄蔓延。

　　孤单是小问题，反正别人看不出来。

　　大问题是，她的外表也起了变化。

　　"完了!"她跟南西求救，"你看我这斑越来越明显!"

　　南西是大学同学。二十五岁结婚，一年后就离了。如果春芸是"日间部"的知己，南西就是"夜间部"。

　　"要不要去打激光针?"

　　"有效吗?"

　　"当然，你看，我就打过……"南西侧过脸。

　　"看不出来耶! 贵不贵?"

　　"我打了四万多。"

　　"这么贵!"

　　"不然你就得买很厚的粉底，买一辈子下来，绝对不止四万。"

　　明丽没去打。她很务实，目前还没有对象会看到斑点。四万块买债券基金，还可以赚利息。

　　但她也没去买基金。脸上的斑，却逐渐累积利息。

　　当斑点揭竿起义，其他问题纷纷响应。

　　过一阵子，她对自己的牙也不满意:"我想去矫正牙齿。"

"陈明丽，你到底想不想交男朋友？"南西骂，"在这个节骨眼去矫正牙齿，戴两年牙套，找到男人的几率高吗？"

"干吗所有决定，都以找男人为前提？"

"你矫正牙齿，还不是为了更美？"

"我是为了健康。"

"少来！"

"如果男人只因为牙套就不要我，这种男人我也不要。"

"有志气！等你戴上牙套后再讲一遍！"

"话说回来，男人会嫌弃戴牙套的女人？"

"应该不是嫌弃，而是怕。"

"怕什么？"

"爱爱的时候被牙套卡到。"南西说。

"哪里会卡到？"明丽装傻。

她们大笑。

很少有男人，能让她们笑得这么开心……

11

明丽说的和做的，有时差。

牙套？算了吧，碍手碍脚。

脸上的斑？没关系，卸妆前看不出来。

新买的口红还没拆封，战袍已开始冬眠。阿成介绍小周的午餐后，需要好好打扮的场合变少了。联谊、聚餐、轰趴、相亲，突然间都停摆。

"最近有认识好货吗？"

姐妹淘在群组中问，没人在谈恋爱。

难道经济不景气，让爱情也萧条了？

像打麻将，她有段时间没"进张"了。

而她的"下家"，手上有更好的牌。

公司请一位名人来演讲。男性名人单身，吸引很多女同事去听，她跟同部门的 Jenny 一起去。

这名人她不熟，但因为他讲得真的很好，结束后她也跟着其他女同事排队，找他拍照。

她排在 Jenny 后面。Jenny 二十四岁，嘴巴的味道，闻起来像莱姆。更别说，几乎不必化妆的肌肤。

Jenny 在演讲中问了问题，得到名人送的书。等待的队伍中，她如数家珍地说着名人的八卦，明丽一件都没听过。

追星也是有代沟的，我只爱陈奕迅。

轮到 Jenny，明丽在一公尺外看名人跟她亲切握手。

Jenny 说："谢谢你送我书！"

名人说："那你也要送我书喔！"

Jenny 笑："我没写书啊。"

名人掏出名片："以后写了寄给我一本。"

名人接下来问了 Jenny 很多问题：你叫什么名字？你名字怎么写？你来公司多久了？在哪个部门？今天怎么会来参加这个

活动?

　　然后 Jenny 请明丽帮他们拍照。在镜头中，明丽看到名人的手，自然地搭上 Jenny 的肩。

　　"要把书寄给我喔!"名人叮嘱，让 Jenny 笑得更灿烂，莱姆挤成了果汁。

　　明丽把手机还给 Jenny，轮到她了。

　　名人看了她一眼，微笑点头，也礼貌地问你叫什么名字，但就没其他问题了。

　　Jenny 帮他们拍照。拍完后，名人简单地说"谢谢"，眼光转到了下一位。

　　"谢谢"，是三十五岁面临的挑战。

FEBRUARY

二
月

1

对单身的人，过年假期总是特别长。

单身的年假一成不变：睡得多，却比上班还累。想除旧布新，家里却比机场还乱。上床前，刷一遍微信上大家出国玩的照片。醒来后，跟家人到不同餐厅暴饮暴食。每天都想振作，最后每天都过得很废。

初二明丽出门逛街，坐上计程车，司机问："今天是回娘家吗？"

"对啊！"她配合。

"还没小孩？"

"老公先带回去了。"

过一个年，像熬过一周的期末考。

年后是明丽生日，南西号召了闺密，包括大学死党，还有小学同学春芸。春芸住高雄，特意上来。

吹蜡烛时，大家逼问心愿。明丽说："第一个当然是加薪。"

大家拍手叫好，讲中大家的心愿。

"还想当女强人啊？"

"什么女强人？只是在混口饭吃。"

"好无聊的愿望！感情呢？"

"随缘啰！"明丽祭出标准答案。

"'随缘',"南西呛,"就是'放弃'。"

"想结婚吗？"

"这年头结婚好难。"另一位已婚朋友插话,"好女生一堆,都单身！"

"是啊！同志都结婚了,我们还单身。"

"如果真想结,要积极一点。"已婚的春芸说。

"对,多去参加活动啊！"

"什么活动？"明丽问。

"听演讲、上健身房、上 EMBA、上厨艺课、学做手工面包、养只狗……都有帮助。"

"为什么养狗有帮助？"

"因为台湾男人不敢跟女人搭讪。你遛着狗,可以成为男人跟你攀谈的话题。'哇,你的狗好可爱喔！几岁了？'"

"台湾男人如果不敢跟女人搭讪,一只狗会让他们更有勇气?"明丽问。

"至少比要台湾男人直接跟你攀谈来得容易。"

"也是,"明丽无奈点头,"上次有男人跟我攀谈,是在地铁站问我善导寺是哪个出口。"

"那就是搭讪啦！善导寺是哪个出口他自己不会看吗？问你

就是想把你。"

"那是一位七十岁的阿伯。"

"不要出馊主意啦。你知道养狗是多大的责任？照顾一个生命吃喝拉撒，只为了有一天遛它时，一个男人会鼓起勇气跟你聊狗？"

春芸说："对，我也觉得不能养狗。"

"为什么？"

"首先，有了狗，就有了伴，你就不认真去认识男人了。其次，男人跟狗不一样。没有男人会像狗那么听话，那么配合。你如果习惯了狗，找到男人也会嫌弃。"

"不会啊，我倒觉得男人跟狗很像！"南西说。

"特别在床上！"

大家笑成一团。南西补一句："如果一个女人能出去听演讲、上健身房、上 EMBA，她的生活已经很充实了。哪还需要找男人？除了精子，男人可以给我们什么我们自己做不到的东西？"

"给你爱，给你陪伴，给你忠诚，像狗一样。"春芸说。

"那是好男人。但好男人有多少呢？能持续多久呢？"

没人敢回答，甚至是已婚的人。

"的确没必要。特别到我们这年纪。"单身朋友说，"我读到一篇报道，三十二岁以后结婚，每大一岁，离婚率增加 5%。"

"什么意思？"

"三十三岁结婚，离婚率比三十二岁结高 5%。三十四岁结婚，离婚率比三十三岁结高 5%。"

"这还得了，那我们……"

"再过几年，还没结婚就离婚了！"

爆笑。

"我也觉得女生没必要结婚，"已婚多年的朋友说，"结婚对男人好处很多，对女人就不一定了！"

"同意！男人都期待你伺候他。我老公最近问我，为什么不再帮他剥虾。"

"你帮老公剥虾？"

"刚结婚那几年帮他剥。但有了孩子之后，照顾孩子吃饭都来不及了，哪有时间帮他剥？"

"这是技术问题。"明丽说，"你们家就改吃虾仁，谁也不用帮谁剥。"

"没用。我们会为谁该去肠泥而大吵一架。"

"剥就剥嘛，老公不就是另一个孩子？"

"对啊，他帮你剥衣服，你帮他剥虾。"

"问题是，结婚不到两年，他就不剥我衣服了啊！"

"真的！这年头，要找一个吃虾的男人都不容易。都是草食男，都吃素。"

"结婚没那么重要，但找个伴倒是真的。"春芸说。

"这年头要找伴也不容易啊。"

"炮友比较容易。"南西说。

"要从认识的人下手啦，主动出击很重要。"春芸说。

"你是说炮友还是伴？"

"都要！都要！"大家起哄。

"我有一个朋友，有忧郁症，有一晚觉得很孤单，看手机里的通讯录，打电话给一个很久没有联络的女生。那女生来看他，后来他们开始交往，半年就结婚了。现在这男生好得不得了，什么病都没了！"

"应该是换他老婆得忧郁症了吧！"南西再刺，姐妹们大笑。

大家七嘴八舌，单身、结婚、男人、女人……每个人都有意见，没有人知道答案。

"别吵了，让明丽许愿吧。"春芸问，"第二个愿望？"

她看着这群闺密，很感激她们。虽然她们只是用帮她出主意的方式，发泄各自的挫折。但听了她们的困扰，明丽突然觉得自己没那么糟。

但她也知道，这样的聚会一年只有一次，其他三百六十四天得靠自己。

于是她说："第二个愿望是，找到一个伴。但我不要相亲、不要介绍。我要用自己的方法、自己的规则，最后成败自己负责。"

一阵欢呼，甚至有人敲桌。

南西吐槽："又在撂狠话了。"

明丽回呛："输人不输阵嘛！"

"第三个呢？"

烛光映在明丽脸上，把她的眼睛照得特别亮。这一刻，她看得很清楚。

蜡烛没说，大家没提，但她知道自己三十六了。

她吸饱气，吹灭蜡烛。

她没有说出口，但蜡烛灭时，她点燃的心愿是：

"希望今年，是我单身的最后一年。"

2

这志向有魄力，生日趴会赢得掌声。但曲终人散后，很容易半途而废，回到"随缘"。

况且，所谓"自己的方法、自己的规则"，就像对仗的竞选口号，令观众热血沸腾，但说的人一点都不知道怎么做。

还好有人监督。

"我先挺你，帮你介绍一个吧。"

"不要！我说过不要介绍。"明丽嘴硬。

"这可是我压箱底的好货……"南西滑过几张照片。

明丽睁大眼，把手机抢过来自己滑："骑单车喔！"

"你看这张，还打网球耶！"南西推销。

"做什么的？"

"工程师。"

"啊？"明丽悲叹，"会不会很无聊？"

"你在银行上班耶！还嫌！"

"先说，比我们小喔！"南西声明。

"呵，我上次姐弟恋超惨的。"

"有伤痕？"

"我只留吻痕，不留伤痕。"

"话说得很满喔！"

"既然重出江湖，就不怕皮肉伤。"

南西拿出手机，帮明丽拍照。

"干吗？"

"帮你记住你现在说的这句话。"

南西协调好两人时间。那男子愿意从新竹来台北，明丽坚持约在桃园。

我不需要他们配合我。就从桃园，我重新开始。

"神经病！"南西说，"那你们自己认识，我不去了。"

他们约在高铁桃园站附近的餐厅。外面下着雨，一撑伞，脸就溅湿了。

"我这把伞比较大，你要不要用这把？"男生问。

明丽本以为他要跟她共撑一把伞，便收起了自己的折叠伞。

但他只是要跟她交换伞。

"喔，没关系，我这一身都防水。"明丽说。

她走进餐厅，他迟迟没有进来。她跑出去找他，发现他还站在门口。

"怎么不进来？"

"我先把伞整理好！"

他把她随意丢在伞架上的折叠伞拿起来，一叶一叶甩开、折好、合起，把按钮扣上。

"哇……你好细心。"

"职业病。"

如果你看到我的卧房还得了？

菜上得很慢，男生吃得更慢，让习惯狼吞虎咽的明丽看起来没气质。

"你细嚼慢咽，习惯真好！"明丽赞美。

"这样才能享受美味，也比较健康！"

"人家说吃一口要嚼二十下，你真的有做到？"

"是三十下。"他纠正。

西餐加上细嚼慢咽，那一餐吃了三个小时。他喜欢运动，她只懂金融。交集的话题，比她撒的胡椒还少。

但她愿意去探索交集，并且努力在心中做笔记。像去秘鲁这样的国家观光，玛雅文明她一无所知，只好多问向导问题。

他聊着全球最近的网球赛事，分析每位选手最近的状况。

纳达尔和费德勒我听过，亚历山大·兹维列夫是谁？教练，讲慢一点啊！

"喔，他很帅，在台湾有很多粉丝。"

"那我的朋友怎么没听过？"明丽做球，"我们最注意帅哥了。从网球场到晶圆厂。"

他是网球高手，却没接这一球。

他谨守主题地继续说："那我传兹维列夫的链接给你。"

他传，她立刻点："哇，手长脚长耶！"

"一米九八！"

不能再讲兹维列夫了，我接不下去。

"你知道费德勒替瑞信代言的活动吗？"明丽试图把他们带到交集。

"瑞信是什么？"

"喔，瑞士信贷银行。他们帮费德勒成立了一个基金会，资助马拉维的儿童教育。"

"非洲的马拉维？"

"一年一百万美金。"

"你有链接吗？传给我。"

明丽传，男生看了一下，没有多说。

"你去过非洲吗？"明丽问。

男生摇头："你去过？"

"我去过埃及。埃及人跟你一样喜欢运动，只不过他们是划船。"

"我中学时划过龙舟，当过舵手。"

他接下，今晚的第一球。

"你划船吗？"他反问。

"我在健身房划五分钟就挂了。"她自嘲，"我参加乐队，当鼓手。"

所以她知道，任何对话，都需要敲边鼓的人。

"你看过《爆裂鼓手》吗？"明丽问。

他摇头："音乐片？"

"很激烈，也算是运动片了！"

离开餐厅，走回高铁站，明丽想买薄荷糖。

他们转进便利商店，她挑了薄荷糖，他很快地帮她结账。明丽想阻止，但来不及。

果然是运动健将！

店员找钱时，明丽看到他的皮夹里，一千块、五百块、一百块钞票，整齐排列，像生产线上的晶圆。

他接过店员找的钱，硬是站在柜台前，把五百块和一百块钞票依序排好后，才离开柜台。

"你这样待会儿坐高铁怎么办？"明丽问。

"什么意思？"

"高铁卖票机，找的零钱都是硬币。"

"我知道高铁的票价，我早就准备了，刚好的零钱。"

"为什么不用悠游卡？现在便利商店都可以刷悠游卡。"

"我不喜欢被扣款。"

"为什么？"

"我不知道他们会扣多少钱。我自己是设计系统的，我不相信他们的系统。"

回台北的高铁上，明丽拿着手机，准备发球。

是的，我们是不同世界的人。我不知道进一步认识会被"扣多少钱"，但我相信系统，我愿意冒险。

自己的方法。自己的规则。成败自己负责。

她发了讯息：

"谢谢你告诉我很多网球的知识，我之前对这些一无所知。

下一场重要赛事是哪一天?"

"不客气,互相交流。"他回传,"孟菲斯公开赛要开打了,这个你可以先看一下。"

明丽打开,是"ATP男子百大球员排行榜"。

回来后,雨停了。他没有进一步联络。

每天看着那像蛋卷一样平整的折叠伞,明丽发狠研究了网球。

"卢彦勋今天在孟菲斯上场了,你觉得他打得怎么样?"明丽又做一球。

"三次赢球机会都错过了,输得可惜。"

他只有这样一句简短讲评。

她放下手机,松了一口气。

我们传了很多链接给彼此,却没有建立起链接。

明丽读了那场球的分析,泰勒·费尔兹赢卢彦勋后说:

"赢得很辛苦。但我就是因为这些辛苦的片刻而打球。这些高压的片刻,是我热爱网球的原因。"

一周的雨停了,星期一,艳阳高照。她畅快地打开那把折好的蛋卷伞,挡住紫外线。

没关系,我这一身都防水。

我不是,他早已准备好的,刚好的零钱。

但我可以继续寻找,使用电子支付的地方。

这些高压的片刻,是我热爱网球的原因。

3

"为什么你要一直研究网球，他怎么不研究金融危机？"南西念，"不是舵手吗？好歹也帮忙划一下吧。"

"我不是他的龙舟，他不是我的鼓。"明丽说，"没关系，网球打三盘。输了第一盘后，还有两盘可以反败为胜。"

"第二盘怎么打？"

礼拜天下午，明丽请南西做 Spa。朋友一年前开的店，明丽捧场买了十张礼券，一直没用。朋友说要结束营业了，明丽赶来问候。

"大环境不好，Spa 不好做，我要改做代购。"朋友说。

"卖什么？"

"日本的母婴用品。"

"那我们要赶快怀孕！"明丽说。

"最好是双胞胎！"朋友说。

有义气，但是空气。因为爱情的大环境也不好，单身的人都"改做别的"。明丽和南西敷着面膜，看到的未来一片模糊。

"那天春芸说得对，不能乱枪打鸟，要从认识的人开始。"明丽说。

"认识的人？"

"就是那些有好感，不熟，很久没联络的。"

疗程结束后，她们坐在休息室，一起把明丽手机的"联络资讯"看了一遍。

"哟，你也认识他？"南西指着明丽手机上一个人名，"他第一次见面有没有对你毛手毛脚？"

"有！"明丽瞪大眼睛，没想到她和南西都曾误入歧途，"餐桌上一本正经，送你回家时就开始乱来了！"

南西说："他车上还放着一个'死侍'的公仔对不对？"

"没错没错！"明丽说，"而且一直放同一首萨克斯风的音乐！"

"这种害虫其实不可怕，因为他们没招。"

她们做了一次"大扫除"，清掉了"害虫"，找出了几个"认识的人"。

"之前认识到什么程度？"南西问。

"无害的程度。"

"什么是无害的程度？"

"骑单车、约吃饭、喝了小酒后会嚷着要我帮他们介绍女友，彼此都不会做出什么令对方伤心的事，或是彼此做出任何事，对方都不会在乎到会伤心的程度。"

她们滑着这几个人的微信。

"看看照片中有没有持续出现的女人。"明丽说。

"以及有没有持续出现的男人！"南西警告。

感情状态，很多人没写。合照中的男女，搞不清楚关系。每个人都包装成完美的礼物，但里面可能是宝藏，也可能是地雷。

她们最后找到三人。

"应该不只是无害的程度吧？"南西套话。

"当初只有火苗，没酿成火灾，真的是无害。"

"那熄了的火苗怎么再点？"

"发个讯息，约他们喝咖啡。"

"就这样？"

"就这样。"

"嗯……无招胜有招！"

明丽在手机上拟草稿：

"嗨，好久不见！我是明丽。最近好吗？年假刚过，又是新的开始，喝杯咖啡？这两天有空吗？"

南西呛："你是要举办新春团拜吗？"

"总要事出有因吧。因为是新的开始，大家聚聚。"

"干吗？难道年底就不能找他？唉，不用装了啦，对方都看得出来！"

"'这两天有空吗？'也不好。"南西摇头，"听起来你是要跟他'调头寸'！"

明丽修改："嗨，好久不见！我是明丽。最近好吗？喝杯咖啡？这礼拜有空吗？"

"好怪喔！"她看着自己写的字，下了判决。

南西抢过明丽手机，按"Send"。

明丽睁大眼睛，大难临头的表情。

"我只是在打草稿耶！"

"打什么草稿？你几岁啦？身体都长杂草了，还有时间打草稿？"

身体的确长杂草了，只是除毛刀看不到。

接下来是漫长的等待。

为了让明丽分心，南西开始谈别的话题："我想去上陶艺课，你要不要跟我一起报？"

"我上次跟你报健身房，缴了一年会费，只去上了两次飞轮。"

"飞轮太激烈了，上完还要洗澡化妆。做陶艺比较温和，结束后只要洗手。"

"我们预缴了很多会费，从来都没有用到。"

明丽眼神空洞，南西双手扇风救火："不要给我掉进哲思状态喔！"

"'哲思状态'？"

"就是开始用抽象的语言，把一些不相关的小事连在一起，过度诠释成对生命整体的结论，然后说服自己人生很悲惨、自己最可怜。"

"我不搞内心小剧场。"

"我送你回家？"南西站起身，打破等待回复的尴尬。

"你先走。"明丽说，"我坐一下。"

"不要急，有时候电信公司的网路会塞车，短信会拖一两个小时，甚至一两个月才到！连微信都会宕机！"

"我的微信没宕机过。"

"你是哪家系统业者？你有升级到 4.5G 吗？"

明丽站起来，把南西推走："你要跟男友见面，赶快走吧！"

"你一个人 OK 吗？"

"有什么不 OK ？"

"不要掉进'哲思状态'喔！"

南西走了后，只剩明丽。

太阳真的下山了。她坐在一大片落地窗旁，看着窗外安静的黄昏，和她手中，更安静的手机。

手机响起，寂静中特别大声，她看一眼，是群组里的讯息。那些跟她不相关、别人把她加进、她不好意思拒绝、事后更难退出的群组。

然后又是寂静。唯一喧哗的，是窗外即将散场的夕阳。

也许我该换个手机，或换家电信公司？

也许我该升级到 4.5G ？

也许我该升级自己？

她不搞内心小剧场，她搞雪梨歌剧院。

4

星期天晚上，天色特别黑。是天气？还是别的原因？

一进家门，拿出手机，有 E-mail ！是刚才邀喝咖啡的对象之一。

"好啊！礼拜五下午四点好吗？约在我们公司办公室好不好？我们有很好的咖啡机。我想介绍两位年轻同事给你认识，他们需要一个像你这样的导师。"

导师？

然后，明丽注意到他把信 CC 给两个女生。

明丽倒在沙发上，打开电视，不停切换频道。为了能听到手机的声音，她把电视转成静音。

等着等着，饿了。像在机场行李输送带拎起行李一样，她把沉重的自己拎起，拖着脚步，从客厅走到厨房。

打开冰箱，里面只有不确定是多久前买的火腿和罐装美乃滋。

打开冷冻室，饺子像一袋砖块。

她不想等退冰。只好拿出火腿和美乃滋，随手做了一个三明治。草率程度，像下飞机前整理座位上的毯子。

拿出柳橙汁，摇了摇，没有了！

她靠着流理台，眼睛空洞地看着前方，嚼着三明治。四周安静到可以听到自己上下两排牙齿碰撞的声音。

三明治太难吃，她丢进垃圾桶。

垃圾太久没倒，满了出来！她用脚把垃圾踩下去。

手机突然响了，她像触电般立刻拿起：

"无痛溶脂 × 微波拉皮 45 折"

她缓慢放下。

睡前，手机又响了，是南西。

"怎么样？多少人回？"南西问。

"一个。但是是去请我当导师。"

"三分之一，很好了啊！不要悲观！周末是家庭时间，大家回信比较慢。"

"如果他们都在过家庭时间，那我真的要悲观了。"

那晚，她失眠。

一个人睡着，并不孤单。

一个人睡不着，才孤单。

她做了两个梦。第一个梦中，她跑步追赶某样东西，却怎样都跑不快，因为她一边跑步一边刷牙，而且重复地刷特定几颗牙齿。

第二个梦，一个男人送她回家。在楼下大门前，那男人说："我的衣服湿了，可不可以到你家，借你的烘衣机用一下？"

她让他进门，带他走进厨房，指着厨房后面后阳台的烘衣机。那男子推开纱门，自己走到后阳台，她站在厨房远远观看。男子脱下上衣，露出赤裸的上半身，指着烘衣机的旋转开关，大声问："是转这个钮吗？"

她在厨房点点头。然后男子露出灿烂的笑容，把衣服丢进去……

一刹那，烘衣机里伸出一只手，把那男子一把抓进烘衣机。她冲到阳台，拉开烘衣机的门，但机器里没有男子的踪迹。她想跳进去救他，但无处可跳。她等着那只手把她也抓进去，但手没有再出现。

她打开烘衣机开关，寄望能把男子转出来。

她在空转的烘衣机前，站了一整夜。

5

礼拜一，明丽很早去上班。

她在一家银行的风险控管部门上班。这一天是银行定期的客户资料安全检查。

她和业务部门的主管，在同仁进办公室前，巡视大家的办公桌。检查的重点是业绩最高和最低的同事，这两类人的风险最大。业绩低的，代表做事马虎。业绩高的，倾向铤而走险。

她走过一位同事的文件柜，伸手去拉，发现柜子没锁。用力拉开，一只蟑螂爬出来。

她尖叫一声，退后一步。男性业务主管笑了出来。

她小心翼翼地再度向前，用笔翻了翻柜子里的文件，没有不该出现的东西，比如说客户的资料、标示"机密"或"限内部使用"的文件。

但有一包零食。

"虽然忘了锁，但应该不算违规吧？"业务主管说。

"零食不是我管辖范围。"明丽说。

他们又巡了几个座位，拉了几个抽屉，都锁得很紧。

拉到最后一个业务的抽屉时，轻易被拉开。然后光天化日下，客人盖好章的空白外汇买卖水单，大剌剌地放在里面。

她倒抽一口气。明显的违规，不得不记下来。

"一定要呈报吗？"业务主管说。

"这不只要报到公司，还要报到主管机关。"明丽说。

"报到主管机关要罚钱！不报不就没事了！"

"不报被抓到更惨！"

"你不报，主管机关怎么会抓到？"

"谁知道？搞不好有人会去告密。"

"你会去告密吗？"

"我当然不会。"

"那我更不会，"业务主管说，"只有我们两个人看见，你说谁会去告密？"

她微笑地看着业务主管，他们都知道不会有人去告密，但这种疏失仍然不能通融。

一个早上的忙碌，没时间看手机，也让她忘了昨晚送出的那些邀请。午餐时，看到 Tony 的回复。

"下礼拜一晚上见面？下礼拜一是十五，我们到中强公园赏月？我带一瓶酒。"

明丽回："我带酒杯？"

6

"我带酒杯？"

Tony 没回。

七点半，饿了。她决定款待自己。

跟 Tony 赏月很浪漫，但我一个人也可以浪漫。我一个人过了三十六年，可以继续这样下去。如果找不到伴，我得提早练习跟自己做伴。

她脱掉高跟鞋，换上球鞋，走到公司附近的百货公司。

她走到常去的专柜，熟识的小姐刚好值班。

"我一直在等你！"柜姐说。

"抱歉，最近太忙了。"

去年周年庆前她去补货，柜姐先用打折价卖给她，发票后补。

柜姐找出发票，明丽试用了新产品，最后当然拿了不只一张发票。

但她立即开心起来。走到地下室美食街，选了涮涮锅。

她坐在吧台，两边没人。像旗杆上的国旗一样显眼，标示着自己单身。

她拿起高丽菜，一片一片地拆开，再一小条一小条地撕下，丢入锅中。

"这是新鲜的虾，老板招待！"服务员说。

她转头看老板，一名中年女子。她跟老板点头，老板微笑。

"老板还说要帮你打折。"服务员说。

"不用啦，不好意思……"

"老板说小姐气质很好，希望你常来。"

很久没人这么说了，她觉得温暖。她多点了一份鱼，虽然已经吃不下。

她走进超市。进门就是水果。她想吃香蕉。但香蕉是五根包在保鲜膜和塑胶盒里。她一个人，不需要一次买五根香蕉。

走到生鲜区，拿起胡萝卜、番茄、红椒、蘑菇。整理货架的阿姨看到她拿起蘑菇，热心地说："换这一盒吧！这一盒比较新鲜！"

她只是看看，并不想买。但为了不辜负阿姨的好意，她放下手上那一盒，接过阿姨手中"比较新鲜"的那盒。然后阿姨说："挑新鲜的，回去才不会被老公念。"

她配合："对啊！我老公嘴巴很刁。"

她走到海鲜区，去壳的虾精美地包装好，她拿起来。

"小姐会选喔！这虾好！肠泥都帮你去掉了！"

这样谁也不必替谁剥虾。

然后她逛到厨房用品，拿起包装可爱的日本洗碗精。她很少在家吃饭，不记得上一次买洗碗精是什么时候。

她买了一大瓶。

这像缴健身房年费，是个宣示。

浴室也该变得更好才对！她看着架子上的马桶清洁剂："马桶蓝酵素系列"。还酵素耶！有三种香味：薰衣草、柑橘香、青苹果香。嗯……我是哪一种呢？

最后她逛到酒的货架。

回家开瓶红酒吧！

大瓶喝不完，所以她只研究小瓶。选择不多，她拿起一瓶标签上写着"Penfold's"的酒。

她不懂酒，选这瓶完全是因为外观：标签简单，白底红字。

"Penfold's"草写，线条优美。她用手机搜寻，澳洲酒，评价不错，有点动心。

一个人喝得完吗？

830cc，没问题啦！我 500cc 木瓜牛奶能连喝两杯耶！

她在百货公司门口坐上计程车，看着纸袋中的红酒，突然很期待回家。

她回到家，拉起窗帘，调整客厅的灯光，打开音乐。

然后洗澡，洗完后，打开刚才买的保养品。

她用浴巾包着刚洗的头发，在沙发上坐下。想睡，但红酒醒了。

这是我要的夜晚，我为过去的选择买单。没有人想当孤岛，但有时自然就脱队了。如果我"刚好"一个人，那我就"好好"一个人。好的红酒，不也是一个人，静静待在瓶中，十年、二十年……

她开瓶，叫醒了瓶里的精灵。我是陈明丽，我是阿拉丁。今晚，我是自己的神灯。所有的美好与痛苦，即将芝麻开门……

7

第二天，第三个"无害的朋友"小林回了。

"抱歉晚回。换手机了。聚聚好啊，哪一天？"

"这礼拜有空？"

"刚好不行。下礼拜一?"

"下礼拜一我刚好也不行。"

下礼拜一 Tony 约赏月。

"这样的话……"小林说,"我明晚约了朋友吃饭,要不要一起?"

明丽想,团体活动也好。久没联络,突然一对一,好像在看病。

第二天晚上,明丽提早下班,离开办公室前去洗手间补妆。

地铁加走路,到了餐厅,还是早了。

她不想太早进去,钻进旁边的便利商店翻杂志,硬撑了十分钟。

她刻意晚五分钟走进餐厅:"林先生订位。"

"小姐您第一个到。这边请。"

七个人的桌子!明丽选角落坐下。

"小姐要气泡还是没有气泡的水?"

"等主人来吧。"

她拿出手机,看看镜中的自己,抿嘴唇。

小林进来时,旁边跟了三个人:一女、二男,明丽都没见过。她站起来。

"嗨,明丽,好久不见!"小林热情地挥手,他身旁的女子对明丽微笑,明丽回礼。

小林转身介绍:"这是安安、何明、徐志宏。"

大家制式寒暄,那女生叫安安。

闲聊一阵后，一男一女牵手走进。

"这是 Jerry 和 Wendy！他们新婚！"

"哇，恭喜恭喜！"明丽说，"你们看起来好幸福，像刚刚离开婚宴现场。"

"哪有可能，他刚才还为找不到餐厅念了我一顿。"Wendy叫屈。

"这地方真的不好找，我也迷路了。"明丽帮 Wendy 讲话。

他们六个人一下子就热络起来。明丽问："你们认识很久了吗？"

Jerry 说："小林、我、何明、徐志宏，我们是高中同学！"

"啊！不好意思，打扰你们同学会。"

"什么同学会！这两个女生又不是我们同学。"小林指着安安和 Wendy。

"不是同学会，那今天是什么场合？"明丽问。

"你不知道啊？"何明说，"今天是小林生日啊！"

天啊，我怎么挑这种场合来插花！连礼物都没准备！

"生日快乐！"明丽举杯对小林说。

小林举杯："算是我们一起庆祝，你生日也刚过不久吧？"

这么重要的日子，出席的应该都是熟人吧。三个男生是小林的高中同学，Wendy 是小林高中同学的太太，那安安是……

她没有点气泡水，心中却不断升起气泡……

"大家坐吧！"小林招呼大家入座，安安坐在小林旁边。

"最近在忙什么？"小林刻意地跟明丽讲话，不让她觉得落单。

"老样子,还是银行的事。你呢?还在广告代理公司?"

"早离开了!所以才换手机了。我们有那么久没见了吗?"小林拿出名片,"现在自己做。"

明丽接下:"哇,你好厉害!"

"一点都不厉害,我们只有一个客户,而唯一的客户还在砍预算,岌岌可危。还是你聪明,留在大公司。"

"其实我也岌岌可危。听说我们公司要裁员。"

"哎呀,这整个时代都岌岌可危啦!"徐志宏吆喝,"来来来,敬岌岌可危!"

岌岌可危的气泡,节节上升。

明丽放下酒杯:"看来广告现在不好做?"

"你告诉我现在哪个行业好做?"

"嗯……心理医师吧。"

"你看心理医师?"

"我的问题比较严重,需要哲学家。"

"你的问题,"小林举杯,"只需要这个。"

她借口上厕所,跟餐厅买了一瓶酒,作为生日礼物。

"太客气了!"小林说,"我们带的酒够了。"

"别低估我的问题的严重性。"

小林笑:"那天看到你的短信,吓了一跳!"

"为什么?"

"前一天我才在地铁站外看到你,看你神色匆匆,就没打招呼，没想到第二天就收到你的讯息。"

"哦！那天我赶着去考试，快迟到了！"

"考试？"

"留在大公司，要考很多试，没那么好混。"

"考什么？"

"那天是考'洗钱防治法'。"

"考得怎么样？"

"还不错。这是我拿手的科目。"

"所以你是洗钱专家？"

"我是'防治'洗钱专家。"

"那以后我有问题可以问你啰？"

这个"啰"，像胡椒，撒上了挑逗的味道。

"干吗，你想洗钱？"

"洗钱的定义是什么？"

"掩饰或隐匿特定犯罪所得之本质、来源、去向、所在、所有权、处分权。"明丽故意用背的。

小林边听边点头。

"你有掩饰吗？"明丽问。

"没有掩饰'犯罪所得'。"

明丽笑。

徐志宏对明丽很积极："哇，你酒量很好耶！"他敬她。

"没有，我已经'茫'了！"她奉陪。

"要不要先把地址留下，万一醉了，我送你回家。"

"你也在喝，我哪敢叫你送？"

"坐计程车送啊！"

"这样对美女太失礼了吧！"何明说。

"叫 Uber 总可以吧！"徐志宏说。

"'菁英'车还是'尊荣'车？"何明问。

"当然是'尊荣'！"

"不需要。我坐地铁转公车，可以省八块。"

"我送你，你一块钱都不用花。"徐志宏说。

"但会不会付出更大的代价？"明丽装出求救的表情。

大家大笑，她很开心。她成功地把今晚这"6＋1"的尴尬局面，变成了"7"。

那些笑脸还没散开，下一秒钟，她看到安安，用叉子夹起小林餐盘里的菜，送进小林口中。

"洗钱防治法"第 7 条："金融机构人员应进行确认客户身份程序，并留存其确认客户身份程序所得资料；其确认客户身份程序应以风险为基础。"

考试，她满分。现实，挂掉了。

"你这只表好漂亮，哪儿买的？"徐志宏再敬她。

"嗯？"明丽闪神。

稳住，稳住，像高中时打鼓。指导老师在她耳边轻声说："明丽，隔绝噪音，听自己，找到节奏，你有天分，你可以的……"

"我说你这只表好漂亮，我想买一只。"

明丽稳住："要送女友？"

"没女友，送妹妹。"徐志宏套话，"是你男友送的？"

"没男友，自己在网路上买的。"

"没男友？怎么可能？还是你不想定下来？"

她无法"定"下来。她感觉大脑在漂浮，胃变成钟摆。想喝水，第一次没抓到杯子。深呼吸，第二次抓到了。她感觉水进入食道，花了一番工夫才找到摇摆的胃。

她舒服了些，慢慢说："妹妹不能送这只。这只是廉价品。"

徐志宏再拿起酒杯："手臂高雅，手表就不会廉价。"

她拿起水杯回敬。她知道，自己"岌岌可危"了。再喝下去，坐 Uber 也回不去了。

如果她在那一刻走就好了！未来跟小林、安安、徐志宏……还是可以见面，当个朋友。

她可以老实说，不好意思，我自不量力，醉了。糗，但不至于丑。

但她没走。原因不是留恋，而是人家生日，气氛正好，突然闪人，扫兴。

于是她留下。在徐志宏刻意进攻、何明瞎起哄下，又喝了几口。连安安都拿起酒杯说："你豪爽，我敬你。"

只有小林跳出来说："喂，别把新朋友吓坏了！"

小林慢了一步。

越过"茫"点，仿佛走进森林。枝叶茂盛，正午太阳完全被挡在外面。一进去，立刻感到阴影带来的寒意。

她感觉头被塞住，像感冒时的鼻子。有人把枕头塞进她脑袋，还是两个枕头！

两个枕头的重量，让明丽推倒酒杯，额头倒在桌面。一桌的不锈钢餐具，吓得跳起来。

大家惊呼。

她听到森林以外另一个大陆，有人叫她的名字。

她的听觉失灵，视觉也模糊，好像看着一部黑白默片。片中几个大男生把她扶到餐桌后面的沙发，跟服务员要来一杯热水。

男生扶她时，她两腿像两条垂吊的围巾，随风，喔，不，随空气摆荡。两步后，高跟鞋踢掉了。

她的背一碰沙发，人就从侧面倒了下来，像布丁滑进碗中。男生再把她扶正，她再倒。然后有人说：“没关系，那就先让她躺下。”她躺下，有人把她另一只高跟鞋也脱掉。

服务员拿来热水，男生接下。女生说：“等一下再喝，这样会呛到。”

她躺在沙发上，挥动双臂大叫：“没关系，我跟你喝一杯！”

何明对徐志宏说风凉话：“你不是说要送她回家吗？现在是时候了。”

徐志宏看着小林：“她家在哪儿？”

小林说：“我不知道。”

安安说：“看她证件。”

徐志宏打开明丽的包包，找到钱包，翻出身份证。

“这边有地址！”徐志宏说。

“是住的地方？还是户籍地址？”

"就算是户籍地址，也是她家人吧。"

"她这样应该不想被家人看到。"安安说。

何明说："顾不了那么多了。"

"看看她手机，有没有亲朋好友的电话，叫他们来接她。"小林说。

徐志宏从包包中拿出手机："不行。"

"怎么了？"

"不知道她密码，"徐志宏说，"你知道她生日吗？"

"是最近，但哪一天我也记不得，"小林边查微信边说，"其实……我跟她没那么熟。我只是想介绍她给徐志宏认识。"

"身份证上不就有生日？"安安说。

"喔，对喔。唉……我也醉了。"徐志宏试，"不对，密码不是生日。"

"别猜了！让她睡一下，我们先吃蛋糕。"何明说。

"你还有心情吃蛋糕？"安安说。

"不然怎么办？"何明说，"我们吃蛋糕，等一下，搞不好她就醒了。或者这段时间有人打电话来，我们也可以问他。"

"万一没人打电话来呢？"徐志宏说。

"那至少让她得到了休息，我们也吃了蛋糕。"何明说。

"万一没人打电话来，"安安说，"我就带她回我家。"

明丽在森林中听到窸窸窣窣的声音，仿佛有人踏着干枯而翘起的落叶而来，却迟迟不走进她的视线。她心想："这是哪里啊？电灯开关在哪儿？怎么没人开灯？"

半小时过了，没人打给明丽。

"我送她到身份证上的地址吧。"徐志宏说。

"别让她尴尬，"安安说，"我带她回家。"

"你怎么跟你爸妈说？"小林问。

"就说是我朋友。"

小林去开车，何明和徐志宏把明丽架起来，服务员来帮忙，旁边的客人观望。

明丽感觉森林地震了。

安安把明丽的钱包、手机、高跟鞋放回包包。

明丽感觉树上的叶子一直落，数量和速度像午后的雷雨。

何明和徐志宏架着明丽走到餐厅门口，一阵冷风吹来。

明丽感觉雷雨打在身上。

何明、徐志宏、安安、明丽四个人，站在二月的人行道。喔，不，明丽看起来不像一个人，而像何明、徐志宏、安安共同搬运的一件行李。

小林的车从转角开过来停下，何明、徐志宏把明丽塞进后座，但小心地用手保护她的头。明丽的身体无法维持坐姿，徐志宏只好让她平躺。一平躺下，明丽突然大叫："你到底什么时候要回来啊？"

小林和安安互看一眼。

"你说啊？"明丽追问。

"我端午节前后回来，端午节前后回来。"徐志宏说。

"记得要带粽子喔！"何明调侃。

"你实在很不够意思耶! 阿成!" 明丽怒吼。

"'阿成'是谁?" 徐志宏问。

小林不知道。

徐志宏关上门, 明丽正式进入飞机货舱。

"你真的很丢脸耶你!" 明丽再叫。

"走吧。" 安安指挥。

"看来带回家会麻烦, 还是你陪她去住旅馆?" 小林说。

"不用啦! 我们回家。" 安安说。

明丽听到森林着火了, 雷雨打在火上, 却让火越烧越旺……

当森林大火灭了时, 四周一片漆黑, 明丽睁开眼。

不是梦境, 她回到现实。

她睁开眼, 陌生的房间。她转过头, 安安睡在地上。

"Shit!" 她闭上眼。

她再睁开, 看到包包在椅子上, 想一走了之。

但那会让已经尴尬的状况更糟吧。

她不记得昨晚发生什么事, 但可以揣摩自己完全失态。"风险控管" 是她的专业, 没想到竟栽在这里!

她睁眼、闭眼, 等待早晨第一道光线。但这是永夜的国度, 阳光遥遥无期。

安安睡得安稳。明丽举起廉价手表: 两点半。

Shit! 这会是, 漫长的一夜……

8

"明丽？明丽？"

明丽听到自己的名字，张开眼睛。阳光像 Spa 的蒸汽，弥漫整个房间。

"该起来啰！"安安说。

"真不好意思！"明丽纵身弹起。

"睡得好吗？抱歉我床有点小。"

"不好意思让你睡地上。"明丽折被，不敢正眼看安安。

"不用折了，你九点上班吧？时间差不多了。"

明丽看表，八点半。

"糟糕！"明丽大叫。

"我帮你准备了一套盥洗用具，放在洗脸台，你赶快梳洗，我帮你叫计程车。"

"不好意思……"明丽冲进浴室。安安准备了牙刷牙膏，整齐地放在洗脸台。

她一边刷牙一边想：这真的是最糟的一夜！

最糟的不是她喝醉了失态，也不是叨扰了安安。

最糟的是安安是这样的好。

"抱歉，我先走了！"明丽匆匆梳洗、狼狈 ready。

"车已经在楼下等了，"安安俏皮地说，"抱歉不是尊荣车。"

"我这样子，尊荣车也不敢载吧。"

"我如果是司机，会抢着载你。"

明丽出门前，看到安安的爸爸从房间走出来，尴尬地打了个招呼。

"这是我同事，"安安对爸爸说，"她来帮我修电脑。"

"喔，谢谢你啊！"安安的爸爸说，"吃了早饭再走？"

她皱着眉收下这感激，然后对安安说："以后如果需要工具人，随时找我。"

昨晚，她去跟小林吃饭。最后，她爱上的是小林的女友。

9

她匆匆赶到公司，在电梯撞见 Jenny。两人面对电梯门，Jenny 看着电梯门上反射出明丽的衣服。

"学绫濑遥，跟实习生过夜啊？"Jenny 酸。

"绫濑遥？我感觉像'林投姐'！"

楼层快到了，明丽说："外套交换一下好不好？"

Jenny 意味深长地微笑，但不戳破。脱下外套，跟明丽交换。明丽松一口气，庆幸有这样"合身"的同事。

电梯门开，两人走进茶水间拿咖啡。一名男同事走进来，瞄了 Jenny 一眼。

"喔，这件衣服昨天我看过……"男同事说，"昨天没回家喔？"

"你羡慕啊?" Jenny 说。

"今天变冷了,小心着凉喔……"

"我男友很热情,不会着凉的。"

一旁的明丽笑,男同事转头看明丽:"咦,这件衣服我昨天也看过! 这是怎么回事?"

她们享受着捉弄男人的感觉。

她们享受着这不戳破的秘密。

10

"你还好吧?" 小林短信问候。

"抱歉,毁了你的生日趴。" 明丽说。

"没事就好。"

"一年一次,被我搞成这样。"

"一年一次,所以还有明年啊!" 小林问,"徐志宏想传讯息给你,可以给他你的电话吗?"

"好啊!" 她说。

徐志宏没有传讯息来,她也不希望他传来。醉酒事件太糗,她需要闭关几天。刚好公司事多,她合理地把自己埋在工作中。她喜欢这份工作,它总是可以优雅地掩盖她,孤单的本质。

礼拜一,农历十五,满月。

虽然天气冷,她还是穿裙子。她选了一双鞋跟特高的鞋,不是平常上班会穿的，但今天不是平常上班。

今天要跟 Tony 去赏月。

上礼拜用短信约了后，他们没再联络。

前一晚，她跟 Tony 确认，他还是没回。

到了下午六点，依然没消息。明丽打给 Tony……

没人接。

"今晚约几点呢?"她传讯息。

Tony 立刻回了。

"抱歉，公司临时有事，我还在开会。可以跟你改期吗?"

末尾还加了一个脸红的符号。

明丽本来只是小生气，看到这符号变成大生气。

为什么你不尊重别人，还要装可爱呢?

"去你的改期! F—K you!"

但她没有这样写。她在银行的风险控管部，这不是她用的
语言。

"那又怎样! F—K you!"

她还是没有这样写。

她在座位下踢掉特别准备的高跟鞋，把短裙拉长。

她漫无目的地浏览网页，上了一个从来没去过的购物网
站……

一个很久没见的男人，放我鸽子。没关系，我要以大局为重。

她买了一双鞋。

一小时后，肚子饿了。

她到超市买了一瓶果汁、一盒寿司。

她走到中强公园，找到座位坐下。

一边是山坡，一边是灯光优美的豪宅。晚上的公园仍有大学生在打篮球，不时传来吆喝。她一个人，但不孤单。

她打开果汁，插进吸管。

打开寿司盒，吃一口豆皮包饭。

抬头看天，有月亮。但今天……并不是满月。

"真的是十五吗？"

圆满的篮球滚过来，打球的男生大叫："美女！我们的球！"

她放下豆皮包饭，踢掉高跟鞋，站起来，光脚踩在地上，捡起球，丢回去。

"哇……"那群大学男生赞叹，"要不要过来一起打？"

她笑笑，回到座椅，脚黑了。

"一起打啦！"大学生说服她。

Why not？①

她转过身、光着脚，走向球场。男生欢呼，把球传给她，还拿出手机来拍她。

她站在原地，看着篮筐，运了两下，出手投篮，连跳都没跳……

空心！

男生嗨翻。帮她拍照的那位说："哇……有练过耶！"

———————————

① 意为：为什么不？

"高中体育课后，就没打过篮球了。"

"那怎么这么准？"

她耸耸肩。

也许是因为，她对投篮这件事，没有得失心。

"可以加朋友吗？"拍照男问。

"我也要！"

她抬头看那"不圆的满月"，没有想到今晚会变成这样，她决定继续这离题的剧本："当然可以！"

MARCH

三月

1

如果不是巧遇士哲，明丽可以一直这样忙到夏天。倒不是她做的事有多重要，而是不重要的事都像霉菌，能惊人地自我繁殖。

士哲是她两年前在研讨会上认识的同行。吃过两次饭，吃完后走过"台北中山纪念馆"，似乎大有可为。但第三次约会，士哲临时取消。没有解释，也没再联络。

没想到他们在同一个主题的研讨会又见面了。

"你怎么好久没来？"明丽问。

"我同事接手了。"

"你升官了？"

士哲点头："但好景不长，公司把同事砍了，又轮到我来上课。"

"轮到上课还好，轮到被砍就糟了！"

"听说你们公司要砍人？"

"搞不好以后我也不用来上课了。"明丽自嘲。

"那我要赶快找你吃饭！"

"好啊！找一天喝咖啡。"

"咖啡不够啦！一起吃晚饭，再去走'台北中山纪念馆'。"

他的口气还是没变，好像他们只是两天没见。

"抱歉我直接问，你有女友吗？"

但她没问。男人和女人，不能单纯做朋友吗？

她不知道答案。但女人和女人，可以做朋友。

周末跟南西吃早午餐。

"全军覆没！"明丽把沙拉送到嘴巴，好苦的酱汁！

"所以这三个不但不是'无害'，还是'公害'！"南西骂。

"不至于啦！"明丽说，"只是我和他们无缘。"

"不要用无缘帮他们开脱，不要把责任都推给缘分，缘分是无辜的！缘分不会约了人赏月后，不回复又临时取消。缘分不会刻意撩起别人后又撇清关系，让别人觉得自作多情。这些都是烂人有意识的决定，不是缘分！"

"只能说我看走了眼。"

"你看男人的眼光这么差，会不会你喜欢的，根本不是男人？"

明丽睁大眼睛，她从来没这样想过。

"哎呀，被你看穿了！"她用玩笑搪塞，"难怪我们这么好！"

"我可是随时奉陪喔！"南西拿起明丽的三明治，咬了一口。

"谢啦！"明丽配合，"要不要跟我去赏月？我带一瓶酒。"

2

南西没有约她赏月，但士哲约她去居酒屋。

"我不能喝酒！"她在讯息中严正声明。

"那喝长岛冰茶？"他挑逗。

明丽走到餐厅门口，看到士哲站在人行道上，满面微笑，像热切的泊车小弟。

"你干吗站在这儿？"

"等你啊！"

"这么客气干吗？"

"反正一个人坐在里面也无聊。"

居酒屋只有吧台，没地方放包包。"可以把包包放在角落的置物柜。"服务员说。

他们走到角落，士哲打开柜子："我们放一起吧，比较亲热。"

他把她的包包放进柜子，把自己的放在她的上面。然后啪一声，坚定地关上门、锁上。

"坐啊！"他帮她拉椅子。

"想吃什么？"他问。

"网友说这家的一夜干很好。"她翻菜单。

"网友说这家的一夜情很好。"他翻菜单。

她笑。

"吃辣吗？胡椒虾敢吃吗？"他问。

"当然敢吃，但懒得剥。"

"我可以帮你剥！我是剥虾达人！"他摇动光光的十根手指。

"达人？是速度很快吗？"

"一分钟七只！"

"结婚后应该会退步。"

"为什么？"

"到时候你就知道。"

士哲改变话题："我们点啤酒吧！"

"我不能喝酒。"

"你不喜欢喝啤酒？"

"我喜欢。但最近不能喝。"

"生理期？"

"忏悔期。"

"听起来有段精彩的故事，那我一定要把你灌醉！"

这一次她守住了。

"你怎么知道这家？"明丽举起热茶。

"我最近搬到这儿。"

"这一区房租很贵吧？"

"我买了房子。"

"你发财啦？买得起这边的房子！"

"没有啦，都是贷款。"

"怎么会想买房子？房价这么高！"

"是啊，当初真是很难买下手！"

"那干吗不等等？"

"没办法等……"

"为什么？"

士哲喝了一口啤酒，在泡沫中含糊地说："我太太想买。"

明丽跳针一拍，但没影响旋律。

"你结婚了？恭喜你！"

"谢谢！"

"什么时候的事？怎么没发帖子给我？"

"去年十二月。不好意思，没事先告诉你。你不会介意吧？"

"怎么会。"

他 × 的，你明明有家有室，为什么从头到尾一副单身的样子？说要走台北中山纪念馆，在门口接我，把我的包跟你的包锁在一起，暗示一夜情，说要帮我剥虾，不戴婚戒，还想把我灌醉……你这是哪一招？

"我是想我们还是可以吃个饭，做个朋友。"

"当然！"明丽说，"我没关系，但我怕你老婆介意。"

"不会啦，我有跟她报备。"

"要不要打给她，请她一起来？"

"不用了。我想单独跟你聊。"

"为什么？"

"因为你是我朋友啊！难道已婚的人，不能交朋友？"

"当然可以。"

"你这件上衣很漂亮。"他碰她的肩，"意大利的？"

"很接近，五分埔的。"

"你有已婚的男性朋友吗?"他用小腿碰她。

"当然有。"她把双腿交叉起来，"黑、白两道都有。"

"你少来。"他不信，"那你们聊什么?"

"警方最近破的大案子。"

"你怎么会认识警察?"

"他们跟我请教防治洗钱啊!"

士哲半信半疑："都谈公事?"

"对啊。他们不会暗示一夜情，或碰我的腿，或约我到台北中山纪念馆散步。孙中山看到，应该会不高兴吧。"

"孙中山的情史可是很丰富的喔!"

"那是在十九世纪。"

"你想法这么传统?"

"活在十九世纪的是你耶!"

"我很多已婚朋友，都有红粉知己。"

"红粉知己? 是切磋琴棋书画吗?"

"吃吃饭、唱唱歌，喝了酒后偶尔嘴巴挑逗一下，顶多有些肢体碰触。"

"像在吧台下碰女生的腿?"

"有时是女生主动。"

"男生想进一步吗?"

"看气氛啰! 大多数不想。"

"那这样碰来碰去是什么意思? 推拿吗?"

"好玩嘛！"

"其实就是吃豆腐。"

"没有喔，都是你情我愿的。"士哲辩解，"你看那些女生的穿着，就知道她们也想玩。"他打量明丽："你打扮一下，不比她们差。"

"我干吗跟她们比！"

"别小看她们，她们有些也位高权重，是公司的主管。"

"我懂。但她们没有家室，男生有。男生该避嫌吧。"

"每个人对'嫌'的尺度不同。"

"你朋友都跟你一样，有跟老婆报备，而且老婆都不介意吗？"

"这我就不知道了。你会介意？"

"如果我老公在吧台下碰我这样女人的腿，我会介意。"

士哲摇头笑笑："你就是太聪明了。"

"谁？我？你说什么，我听不懂耶！"明丽装傻。

"你太聪明了！"

"这种赞美，其实是贬低。"明丽笑着说，"男人聪明能干，你就伸出大拇指比赞。女人聪明能干，你就摇头笑笑。这是什么逻辑？"

"我没贬低你的意思。但社会就这样，规则不是我定的。"

"我知道。但你应该优于这些规则！"明丽伸出大拇指，给他比赞。

"你要求好高！"

"我觉得这是低标耶。"

"这样很难结婚喔。"

"很难跟你们这圈子的人结婚。"

"我们都已婚了。"

"对啊，要记得喔！"明丽举起茶杯，"恭喜你！新婚愉快！"

"恭喜我，你总要喝一杯吧？"

明丽把他的啤酒，倒进自己的茶杯中。

"我敬你！"她一口干掉。

3

"英国银行协助富人避税，金额达上亿英镑。"明丽一边影
印，一边看着墙上布告栏的剪报。

"你卡纸了！"

路过的同事提醒她。

"什么？"

"你卡纸了！"

同事帮明丽清掉复印机中卡的纸。

同事瞄一眼明丽在看的剪报："哇，这下你们又要忙了！"

"是啊，会开不完。"明丽叹。

明丽卡住的，不只是纸。

连续几天的会，她被疲劳轰炸成木乃伊。星期六睡到十二
点，被南西的电话吵醒。

"怎么搞的，微信都不回？"南西抱怨。

"睡死了。"

"去健身房？"

"这礼拜累死了，只想躺在卧房。"

"运动一下精神才会好啊！下午有一堂'TRX'。"

"什么东西？"

"悬吊式阻力训练。"

"听起来像 SM 游戏。"

"训练核心肌群啦！"

"所以真的是 SM！"

明丽死也不肯上健身房，但愿意到健身房楼下做脚底按摩。

"铁定是想跟你一夜情！"南西说士哲，"最后被你晓以大义，良心发现。"

"惨了，"明丽说，"我对男人的吸引力，是让他们良心发现。"

两个人并排躺在脚底按摩的躺椅上，表情扭曲，不知是因为师傅，还是失望的力道太强。

"已婚男人都想有婚外情！只是敢不敢做的差别。"

"太悲观了吧！"

"婚姻像样品屋，是展示用的。外表华丽，里面很多细节都只做了一半。"

"婚姻应该是国民住宅，地段方便、物美价廉。"

"你把婚姻看得太严重了，所以结不了婚。"

"你把婚姻看得太轻松了，所以离婚了。"

"我承认啊!"南西理直气壮,"我们感觉对了就结了,走得下去就走,走不下去就离。走不下去还在一起,就是为了小孩。"

"你讲的好像是去健身房。"

"没错,其实婚姻也是会员制。一年后不续约就是了,不是世界末日。过一阵子想发愤图强了,再加入一家新的健身房。"

"只不过是不能退费的健身房?"

"会费是青春,不能退费。在这里勉强减掉的肉,很快会长回来。"

离开按摩店,上了南西的车,在地下停车场绕了好几圈,终于扑上地面。

"接下来呢?"南西问。

"回家。"明丽说。

"是说找男人的计划。"

"一直绕圈圈,我有点累了。"明丽看着车窗外的路人,"这比训练核心肌群还累。"

"这么快就放弃了?"

"不是放弃,是休息一下。"明丽露出疲惫的笑容,"过一阵子想发愤图强了,再加入一家新的健身房。"

南西拿出手机,滑出一张明丽的照片。

"记得这张吗?"

"什么时候拍的?"

"二月。当时你说:既然重出江湖,就不怕皮肉伤。"

明丽苦笑。

"还是你已经内伤了？"

明丽停顿了一下，好像在检查伤势。然后笑笑说："就凭这些男人？伤我需要更高竿的。"

4

"第二盘"失利后，明丽回到原先的生活：开会、简报、便当、加班。每天忙到八点多，听到肠胃的警报，才去觅食。

那真的是"觅食"，不讲究营养或气氛，只求填饱肚子。

南西拉她去参加活动，填满下班后的时间：品酒、单车、劳作、弗拉明戈……

这些活动都时髦、好玩，照片在微信上分享，可以得到很多赞。

但赶场参加这些活动，让下班后的生活变成表演，观众是可能点赞的朋友。

下班，比上班还累。

"不要搞得太累，把身体累坏了，公司不会照顾你！"礼拜天回家，妈妈一边为明丽夹菜，一边念。

"这只是一份工作，不要为了工作耽误了你的人生，"老妈越夹越多，满出她的碟子，"你快四十了，现在最重要的事，不是工作……"

"快'四十'？你怎么算的？"

"虚岁差不多了，你要认命。"

"爸，最近血压还好吗？"明丽转移话题。

"还好！"爸爸反问，"你血压还好吗？"

"我血压？我很少量耶。"

"你年纪也不小了，要开始追踪血压了。"

吃完饭，她帮忙收碗，老妈赶她去客厅陪爸爸聊天。她坐在老爸旁边，老爸把电视新闻开得很大声，她坐不住，拿出手机来。老爸突然说："来，我帮你量一量血压。"

老爸兴冲冲地走进房间，像是要把藏好的嫁妆拿出来赏玩："我们新买的血压计，你试试看。"

"我血压 OK 啦！"

"试试看嘛！"

"不用试。我自己的身体我知道。"

"如果 OK，你怕什么？"

她放下手机，伸出手臂。爸爸帮她把充气臂套戴上，认真的表情，仿佛是幼儿园开学那天帮她穿上新鞋。

"怎么样？会不会太紧？"

他当年蹲在地上，也是这样问。

"开始啰……"充气臂套慢慢变紧……

她看着电视上的车祸新闻，两位驾驶粗鲁对骂，她好奇那两人的血压是多少……

充气臂套紧到底后，慢慢松开。老爸绷着脸，紧盯着逐渐下降的数字……

“嗯……”老爸发出声音。

“多少？”明丽问。

“124/78”

“正常啊！”

“一次正常不代表都正常，要多量几次！”

“我只听过‘一次不正常不代表都不正常’。”

“你把血压计带回去，没事在家自己量一量。”

“不用啦，我来这边的时候量就好了！”

“你忙得要命，多久来一次都不知道。”老爸把血压计放进她包包。

“不用啦！不是新买的吗？你们就多用啊！”

“没关系，我们还有个旧的。”

“旧的不准，你们用新的。”

“那你把旧的带回去。”

老爸把旧的血压计收进她包包时，电脑上的 Skype 响起。老爸立刻跑去书房接，因为这是约好跟她弟弟的通话时间。

“喂，明豪啊，你好啊！家里都好吗？”老爸的语调立刻高了八度，“老伴啊，儿子打电话回来了！”

老妈立刻从厨房跑出来，湿手还没擦干。跟老爸两人挤在电脑的摄影机前，左右摇晃，想在儿子的画面上呈现最好的角度。

弟弟的血压应该不高，因为他完成，甚至超越了爸妈所有的期待：到美国留学，毕业后在美国工作，结婚生子，台北时间每个礼拜天晚上九点准时打电话回家，让爷爷奶奶听中文怪腔怪调的孙子说"爷爷好！奶奶好！"。

他娶了一个漂亮的老婆，叫 Candy。他们在台北办喜宴之前，明丽陪 Candy 去挑婚纱，地铁上碰到 Candy 的朋友。Candy 朋友看到明丽，有礼貌地问 Candy："这是你……大嫂？"

Candy 立刻说："我大哥哪有这福气！"

Candy 漂亮、聪明、EQ 高。她弟弟娶了 Candy。

弟弟做到的，她一样都没做到。

明丽把电视新闻调成静音，爸妈的声音就更大了！

荧幕上变成一则健康新闻：最新的医学研究证实，早睡早起可以防癌。

这不是常识吗？需要最新的医学研究来证实？

她突然觉得自己应该开始力行早睡早起。因为她不想得癌症。

当然，没有人想得癌症，但她比一般人更没本钱得。

如果她得了癌症，爸妈年纪已大，没法照顾她。弟弟一家远在美国，不可能回来看她。到时她要靠谁？看护？外佣？

她开始想象自己一个人躺在医院病房，晚上听到一帘之隔的邻床三代十人来看爷爷的交谈声。到了半夜，只剩下无眠的她，跟邻床爷爷的呼吸器为伴。

老妈说得对！"工作不要太累，把身体累坏了，公司不会照顾你。"

我可以早睡早起，我可以照顾自己，但那是我想要的人生吗？

"明丽啊！明丽！"老爸把她从恐惧中拉回来，"你弟弟跟你讲话。"

明丽走到书房的电脑前："嗨……"

"嘿，老姐……"

"气象报告说这两天你们那边下大雪？"

"破纪录了，我每天都在铲雪。"老弟问，"怎么样，你最近好不好？"

"老样子。"

"有没有找到能帮你铲雪的人啊？"老弟问。

"干吗找别人，我自己可以铲雪啊！"明丽说。

"自己铲很累耶！"老弟说，"我铲得腰都酸了！"

"不用担心，台北不下雪的。"

"那地震呢？"

"干吗，我要找一个人，让台湾不地震吗？"

"是找一个人，让地震发生时，有人跟你在一起。"

"'车震'时旁边有人就好，'地震'时不用啦！"

"胡说什么！"老妈在背后打明丽。

老弟无法在 Skype 上瓦解老姐的心防，放弃了，把儿子叫来跟爷爷奶奶请安。

明丽离开书房，回客厅看新闻。

别担心，台北不会地震的……

爸妈又讲了十分钟。

爸妈讲完后，回到客厅，不停地赞美孙子长得多好。

明丽的手机突然响起。

是老弟传来的短信：

"爸妈很担心你，要加油啦！"

"别担心！"

"你记得你小学时要离家出走吗？"

"什么？"

"你看了卡通，一个星期天早上就离家了。你留下一封信，说卡通中勇敢的女生都要离家出走，所以你走了。"

明丽笑了。

"结果我才到台北车站就回家了。"

"你把老妈吓死了！"

明丽还记得当年妈妈开门，把她抱入怀中的表情。

"如今……"弟弟写，"他们真希望你离家出走。"

明丽接不下去。

"我知道你是勇敢的女生。但有时候，软弱一点，才能找到幸福。"

5

明丽最弱的，是瑜伽。

她会费缴了两年了，很少去，做得也不好。瑜伽，跟滑雪、高尔夫一样。如果没抓到诀窍，不是运动，是折磨。

但她还是甘愿缴了会费。瑜伽就像感情，是该做的事。她还做得不好，值得继续努力，并付出代价。

星期五，她准时下班，赶到教室。

她走进更衣室，换了衣服。走进教室，跪坐在瑜伽垫上。

教室里唯一的男生是老师。一年四季，都穿着贴身的背心和短裤。

"跟自己的身体对话。"老师说。

明丽闭上眼，吸、吐、吸、吐……坐了一整天办公室，身体僵硬得像树枝。

"透过呼吸，听自己身体的声音。"老师走到明丽身边。

我在听，但身体讲的是阿拉伯文！

每次上课有十个人左右，老师没办法纠正每个同学的动作。但每一次，明丽都是他纠正的对象。

他都会一边喊口令，一边用"身体"纠正。比如说做"向下看的狗"，她的手的五指没有用力平压在地上，老师走过时就用他的脚掌踩着她的手背，然后说："蚂蚁跑进去了喔！"

也许这是她学了两年，还做不好的真正原因。因为做得好，就不会被纠正了。

"接下来我们练头倒立，会做的同学自己做。不会的同学，跟我做简单的版本。"

她当然只能做简单的版本，但希望自己是属于会做的那组，那样就可以用头下脚上的姿势，得到纠正。

她跪在瑜伽垫，将双臂排成三角形，头放在三角形中间，两脚踩着地，然后膝盖离地撑起……

她咬牙切齿地撑着，颠倒的视野看到后面英挺倒立的同学……

那位同学轻松而稳定地慢慢把腿举向天空，好像只是戴上一顶帽子。老师赏识地走到她旁边，用手扶着她两条小腿，把原本已经笔直的腿，调得跟旗杆一样。

明丽颠倒地看着老师的手扶在那位同学的腿上，她的腿好长、好美……我想跟"她的"身体对话！

然后明丽泄气地倒下来，整间教室都被她震起。

老师走过来，冷冷地说："很久没有练习了喔。"

我每个月都有来！她想辩解，但及时把话收回去。每个月来一次，并不光荣。

"再做一次。"老师说。

明丽跪着，仇视着瑜伽垫。她把双臂排成三角形，角度端正得像台球桌上摆球的架子。然后她把头塞进三角形中间，集中力气，把膝盖离地撑起……

"很好啊……"老师用脚背碰触她弓起的背，她的脸肿胀起来……

然后他用脚掌，踩着她握紧的拳头。她可以从拳头，感受到他脚掌的灰尘。

"脸上表情放松，手臂撑住……"

他不讲还好，一讲，她又崩塌了。

"没关系，你移到这边，靠着墙做。"

她跪在墙边，靠着墙，慢慢把腿抬起。有了墙，腿像是有了衣架的衣服，找到了咖啡杯的咖啡。

老师走到墙边，用双手，环抱着她微微摇晃的小腿……

她突然得到神助，小腿慢慢稳定。脸上的表情，像摇动后静止的咖啡。

"很好啊！你可以做到嘛！"老师赞美，"下次，要自己撑起来。"

瑜伽练习的最后一个动作，是"摊尸大休息"，意思是整个人背躺在地上，两手张开呈大字形。这时老师会把灯关掉，让同学休息五分钟。

明丽睁开眼睛时，灯已经关了又开了，其他同学也走光了。老师在角落，整理瑜伽砖块。

"抱歉，我睡着了！"她爬起来，迅速把自己的瑜伽垫和砖块，收到老师旁边。

"没关系，"老师说，"上课很累喔！"

"上'课'不累，上'班'很累！上课反而会让精神好起来。"

"你最近进步很多。"

"哪有？我头倒立还是做不起来。"

"我今天有注意看，比上次进步多了！在家没事就伸展一下，进步比较快。"

"自己一个人在家要练很难。"

"那就找个伴一起练！"

他突然直视她的眼睛，问："这礼拜六下午你有没有空？"

"礼拜六？喔……我要看一下……"

其实她到下个世纪都没事。

"礼拜六下午有个特别的课程，专门练习呼吸。欢迎你来，可以先到柜台登记。"

6

离开瑜伽教室，在电梯中看手机。

没有未接来电、微信，或短信。信号和电池都满格。

做完瑜伽的晚上，通常睡得比较好。但那晚却睡不着。十二点上床，折腾到两点，索性起床。

她倒了一杯水，走向餐桌，屁股坐在右边小腿上。拿出手机上微信，看到南西还在线上。

"还没睡？"她敲南西。

"加班，跟同事讨论事情。你怎么也没睡？"

"睡不着。羡慕你，半夜还有人可以打电话。"

"有什么好羡慕的。你也可以打啊！"

"半夜两点打给谁不会失礼？"

"台湾大车队。你一打他们就来，谁会这么周到！"

明丽笑。

她放下手机，闭起眼，深呼吸。

鼻吸、嘴吐。鼻吸、嘴吐……

她看到高中时打鼓的那个女生。那个女生仪态完美、耳聪目明，没有任何事难得倒她。

为什么长大后，她却一点一滴地失去自己的天赋？

她看到那个女生放下鼓棒，摘下乐队的帽子，卸下鼓，跪着，头放进两手之间，两腿往后，慢慢抬起……

她看到那个女生，做了一个完美的头倒立……

APRIL

四
月

1

清明假期，她待在家。

她喜欢假期，因为可以补眠，看一些平常没时间看的电影。这时，她庆幸自己单身。不必为任何人早起，被任何人吵醒，配合任何人的行程。

但醒来后，她也讨厌假期。不需要上班，E-mail 信箱静得像墓地。落地窗前灰尘慢慢飘起，家里和街上都没有声音。

好不容易，等到下雨声。她坐在墙角，窗户上飘着雨丝，屁股上长出苔藓。

她眼睛睁着，但状态是关机。直到手机上亮起世杰的讯息。

"嗨，明丽，最近好吗？周末吃饭？"

文字正经，但意图明显。她看得出来，她最近才发过这样的讯息。

世杰是位牙医，他们认识快十年了。当年还一起去看过电影，她记得是《暮光之城》。他选的，她附议。她还记得片中，在树林里，吸血鬼男主角说："狮子爱上了羔羊。"人类女主角说：

"好笨的羔羊！"男主角说："好病态的狮子。"才讲完，男女主角就爱上了！

但世杰和她并没有爱上。

上次吃饭是两年前，星期六的晚餐。相约时，她以为是两个人。没想到他出现时带了一位她不认识的男性朋友，没有事先告诉她。那位朋友从头到尾在谈他在南非的投资。一顿饭下来，对远方的南非有了了解，但近在眼前的彼此还是不认识。

两年中有一次在宴会场合巧遇，他旁边有名女子。但在那种二十桌的场合，寒暄只能到脖子的高度。至于旁边女伴，也无暇介绍。

那次的三人晚餐，让她认定世杰只把她当哥儿们，所以他不是她约喝咖啡的对象。

"这种阴魂不散的男人最可怕，"南西说，"一两年飘过来一次，然后又飘走。"

明丽看了一下世杰微信，有女人，但没持续出现。

但有持续出现的男人。

"那是 gay 啰！"南西铁口直断！

"那干吗一直约我？"

"搞不好是双性恋！"

"在你的世界，每个未婚的男人不是 gay，就是双性恋。"

"喔，傻孩子，已婚的也是喔！"

明丽回了世杰。不是出于期待，而是出于好奇。她好奇自己除了让男人良心发现外，还有没有别的。

"我很好。你呢？周末吃饭好啊，你想约什么时候？"

"星期六晚上七点好吗？"

2

礼拜四下班，手机突然响。阿成说在公司大楼门外等她。她匆忙收拾东西，离开公司。

"我下午打你公司电话，你语音信箱的声音怎么这么冷漠？一点都不像你！"阿成模仿，"'我是明丽，我现在不在座位，请留言，我会尽快回电。'"

"那是专业好不好！"

"太专业了！没人敢跟你们做生意了！"

"现在很少人会在办公室的电话留言啦。"

"来，今天烘好的咖啡豆。"阿成拿出一包东西，直接塞进她包包。动作很自然，好像那是他自己的包。

"干吗这么麻烦，请快递送不就好了？"

"找借口见你一面不行啊？"

"老婆知道吗？"

"老婆去新加坡了。"

"你自由啦？"

"她在的时候也不管我。"

"谁管得了你？"

"有空一起吃饭？"

"好啊。去哪儿？"

"那就去新竹啰！"

那是他们刚认识时会做的事。一个念头，就去新竹、宜兰、澎湖、日本新潟县，和任何不需要签证的地方。

现在免签的国家，比当时更多，但他们哪儿都不想去了。

现在唯一不发签证给他们的，是年纪。

"新竹很远耶！"

"还好啦！"

旋转门外不断流出大楼下班的人潮，把他们推向人行道。

要去那么远的地方吗？

她看着他的眼睛。这个已婚、凭本能、少数她真正爱过的男人……

"怎么去？"

"我有车。"

阿成带路，边走边打量她："还好你今天没穿裙子……"

"怎么说？"

走到停车场，阿成的"车"，是重机。

"喔……不、不、不……"明丽后退。

阿成把安全帽和外套拿给她："放心啦，坐在重机后座，跟坐在沙发上一样舒服！"

"我在沙发上不用戴安全帽。"

阿成不理会，帮她戴上安全帽、穿上外套。然后自己戴上、跨坐上去、发动重机。

明丽不情愿地坐上车，咕哝着说："新竹很远，我们去新'店'好不好？听说乌来山上有很多不错的餐厅。"

半小时后，他们时速一百，不是往新店。

他们超过另一辆重机，阿成举起大拇指跟对方比赞，对方按一下喇叭回礼。

她侧着头，抱着阿成。这种距离，不就回到"Fuji Rock"了吗？

红灯时，阿成停下，转过头说："背好痒，帮我抓一下。"

她犹豫，然后透过外套，轻轻抓了。

变绿灯，他加速。

她眼睛闭着，但却清楚看到，过去他们交往时，一幕一幕的画面……

她的耳朵开着，却听不到自己心中，一句句警告的声音……

3

新竹，没有她想象的远。但风，和风险，比想象的大。

"这顶安全帽好重，我头都昏了！"明丽脱下安全帽。

"你头都扁了！"阿成撩拨明丽的头发，明丽闪开。

"谁叫你要留长发！"他说，"我比较喜欢你以前短发的样子！"

"少来！你当年自己说喜欢我留长发！"

"哪有，你记错了啦!"

他们到城隍庙吃润饼，日光灯招牌，不锈钢餐桌，免洗餐具，轻而易倒的塑胶椅。这是她当年留短发时，常会光临的小店。

"记不记得我们以前来过这里?"在摊位前排队时，阿成转头对明丽说。

"有吗?"

"你竟然忘了!"阿成夸张地大叫。

"你记错人了吧!"明丽陪他玩，"说! 你是跟哪个女人来的?"

"哪个女人? 就是这个女人!"他指着明丽，跟路人讨公道。

明丽真的不记得了。

是我记性退化? 还是刻意不要想起?

"你当时还看着这个招牌，说:'哇，这家是1906年开的耶!'"

这下明丽想起来了，但表情仍然装无知。

何必说历史呢? 不管是小店的历史，或是我们的历史。

她突然不想吃润饼了，她想换成米粉汤。米粉汤那摊，历史应该没这么悠久吧!

吃完润饼，阿成带她去城隍庙拜拜。

"你今天很怪喔!"明丽说，"大老远跑来新竹，还突然拜神明? 你什么时候相信过神明? 是不是跟老婆吵架了?"

"嘘……"阿成打断她，"肃静!"

他走到庙前，虔诚参拜，她站在后面观看。

"你不拜一拜?"他转过头来问。

"拜什么?"

"拜姻缘。"

"范谢将军，是拜姻缘的吗？"

"后殿有月下老人啊！"他带她走到后面，"求个红线？"

"没有男主角怎么求红线？"

"我可以代劳！"

明丽苦笑。

"或是你要拜十二产婆，直接求个孩子？"

明丽假装没听见，独自走到月下老人前，低头一拜。

她向外走去，在门口，看到一副对联："世事何须多计较，神天自有大乘除"。

"下一站去哪儿？"阿成兴致勃勃，"消防博物馆？"

"干脆去科学园区好了！"明丽反讽。

"好啊！"阿成配合她，"我们可以住国宾大饭店，明天去六福村。"

"拜托喔！"

"不喜欢六福村，那小人国也可以。"阿成越来越 high。

明丽不想去消防博物馆，但知道必须灭火了："我们回台北吧。"

"这么早回去干吗？你家又没人。"

"这么早回去，因为你家有人。"

"我老婆在新加坡。"

"家不只是那栋房子。"

她往停车的地方走去，阿成默默跟在后面。

他们坐上重机。

"那我们去新店?"阿成说,"有人跟我说,乌来山上有很多不错的餐厅,可以泡汤。"

"泡汤?"

"我们去日本时,你不是最喜欢泡汤?"

明丽在后座沉重地呼吸。她生气了。她气阿成明显的企图。他们都知道,这企图会破坏一切。

阿成迟迟不发动重机。

然后阿成突然把手伸到后面,放在明丽大腿外侧。

他没有说话,也没有转头看她,似乎她的腿是重机的把手,他的手理所当然应该放在那儿。

她没有说话,没有抵抗。她生气,但觉得温暖,像盖上被子,或躲进保温瓶。

她闭上眼睛,幻想这不是阿成的手,而是未来"神天大乘除"后,她会遇到、爱上的某个单身男子。刚才她拜的月下老人显灵了,用这一只手,跟她预告未来的幸福。

有何不可呢?她需要温暖,而阿成示好了一整晚。

阿成的手开始慢慢在她大腿上移动……

这不是夜店里第一次见面的男人,不是只见过两面的士哲。这是她认识了五年,曾经相信过、爱过、亲密过,直到今天还关心她的男人。

他们的爱情结束了,但友情,甚至亲情,一直都在。甚至被各自的不快乐,酿得越来越浓。

他已婚，但不幸福。那跟我无关，我不需负责，也不必过问。

我只是把阿成生命中一个晚上的时间，用消毒过的手术刀切割出来，而且还是在新竹，这个没有人认识我们的地方。我们在这里没有户籍、不必缴税。不管是所得税，或婚姻税。

她的手抱着阿成的腰，慢慢夹紧。

阿成发动重机，冲向目的地。

她脑中闪过阿成老婆的脸。她是新加坡人，有着南洋艳阳的笑容。他们要结婚时，她和阿成亲自送喜帖来。

"你是阿成的好朋友，希望你能来！"她用新加坡腔调的国语说。

"我是阿成的好朋友，我当然会去！"她用高估自己 EQ 的国语说。

"婚礼过后，我们喝杯咖啡？"

"我带你去，我最喜欢的咖啡店。"

她一直抓着明丽的手，阿成在旁边一句话都没说。

婚礼那天，她送完礼金，拿了两人结婚照的小卡片，却走不进会场。

"小姐您的大名是？"带位先生问。

"不好意思我去一下洗手间。"

她离开饭店，躲到对街摩斯汉堡的洗手间。久久不出来，门被敲了三次。"小姐您还好吗？"服务人员在门外问。

"还好！还好！"

洗手时，她看到墙上的小标语："柔和的墙壁色调和灯光，让您有个轻松舒适的用餐环境。"

她是一个好女人,有柔和的色调和灯光,适合阿成。

但她没办法真心为他们高兴。

红灯,阿成催油门,引擎呼啸……

她耳中响起那天在公司做安全检查时,业务主管跟她的对话。

"一定要呈报吗?"业务主管说。

"这不只要报到公司,还要报到主管机关。"明丽说。

"报到主管机关不就要罚钱?不报不就没事了!"

"不报的话,被抓到更惨!"

"主管机关怎么会知道?"

是啊,业务主管说得对!主管机关怎么会知道?她当初不该把那个小违规报上去的。毕竟,那是客户和业务之间,你情我愿的安排。

阿成大转弯,她抱得更紧……

她脑中闪过士哲的脸。他现在正得意地对哥儿们说:"你看吧,那些女生满口仁义道德,要男人避嫌,最后自己还不是贴了上来!"

然后在下一个居酒屋,下一次约单身女子出来时,士哲会更有自信地,执行他那一成不变的招数。会有女生,像明丽一样抵抗。也有女生,愿意跟他们玩。

陪着玩下去,会是怎样?

夜色很暗,南洋的艳阳下山了。她的那些原则,还锁在居酒屋的置物柜中。

　　车速太快，把士哲和阿成老婆的脸吹散了。她重新看到阿成的手掌。国宾饭店也许太高调了，这里有很多民宿，装潢都像家。

　　她想回家，进门后丢了钥匙，直奔卧房，倒在已经躺在上面的某人怀中。卸下所有的期待、猜测、防备、渴望。不再做任何检查、稽核、防弊、风险评估。就做个婴儿，没有任何责任、承诺、时间表、待办事项。尽情地任性、倔强、不讲理、疯狂。

　　这是一场没有观众的马戏，我是没人接的空中飞人。我还要跟外面那些陌生男人纠缠多久，才能累积跟阿成的百分之一？我还要喝醉失态几次，才能搞清楚对方约我的真正意图？为什么我总要挑难走的路，把自己搞得体无完肤？可不可以休兵一晚，就当作这是急诊？我，不能耍赖一次吗？

　　阿成似乎读到了她内心的独白，闯过一个红灯。

　　我，不能耍赖一次吗？

　　阿成骑到最近的旅馆，他们都等不及骑到国宾。

　　他们走进房间，阿成把她推到床上。她的背撞到床头，痛得叫了出来。

　　那叫声似乎是一种鼓励，让阿成更为粗暴地向她袭来。他的动作，不像是复合的温柔，而像是复仇的惩罚。

　　这不是她想要的，但她顺从。因为她的欲望，像青苔般爬满了整张床。

　　她听着自己喘息的声音，她的心跳时速超过一百公里。

　　"我是明丽，我现在不在座位，请留言，我会尽快回电。"

　　她现在的声音，跟几小时前在公司答录机上的"专业"声音，如此不同。她不在"座位"，她不在任何地方。

阿成拿出保险套，她睁开眼睛。

他撕开包装。这无声的小动作，却在明丽耳中发出凄厉的断裂声。像是她体内一条筋，活生生被撕开。

她醒了。

她看着阿成的婚戒，和自己的左手腕。

床上的青苔，瞬间变成流沙。

她看到那个看了卡通后离家出走的小女孩，背着书包，从流沙中奋力地爬出来，咬着嘴唇，向家里跑去。她跑了好多好多年，因为家，不只是那栋房子……

她慢慢后退，退到床头，然后转过身，爬起来。

"怎么了？"

她往门口走去，他从床上跳起来抱住她。

"明丽？明丽？"

她努力挣脱，连阿成都被吓得放手。

"你怎么了？"

"我爱你……"她的眼泪流出来，"但我们不能这样……"

那是那晚，她说的最后一句话。

4

他们骑回台北，一路上没多讲话。只有阿成在休息站问：

"要不要上厕所?"

他们没有讨论或定义旅馆的事。仿佛那只是一场电影,情节很离奇,但毕竟是虚构的。看完了,拿起剩下的爆米花,丢到外面的垃圾桶,就算是结束了。不值得多谈,未来也不会再看。

他送她回家,阿成说:"咖啡要赶快喝喔,烘好太久不喝,就不好喝了。"

她点点头,拍拍阿成送她的咖啡豆,好像拍怀中熟睡的婴儿。

不只是咖啡,他们也"烘"好太久了。

第二天她走进公司大楼,经过昨晚阿成等她的门口。她绕了一圈,检视地面。是什么力量,让她昨晚跟着他走?

她挤进电梯,跟着大家一样面无表情地看着前方。

楼层到了,她被挤出来。

她走到座位前,打开包包,阿成送她的那包咖啡豆掉了出来。

她把咖啡豆放在桌前。心想:中午出去时,得把豆子拿去磨一磨。

"怎么会有咖啡?"旁边的 Jenny 问。

"朋友送的。"

Jenny 拿起来闻一闻:"口味偏酸? 还是偏苦?"

也许都有一点。

电话响起。她开始忙碌的一天。星期五,照理说是比较轻松的,但电话像久治不愈的咳嗽,无法控制地响个不停。

她的思绪，也咳个不停。

5

礼拜六，明丽睡到中午，拿起床前的手机。世杰传讯息：

"记得今晚见面吗？我有朋友从北京来，你介意我们一起吗？"

又来了！人真的不会变。你还是喜欢临时来这种三人行的游戏。

她回头继续睡，下午两点才醒。

新竹行的震惊还没消退，她没力气再接这种变化球，躺在床上回：

"如果你忙就算了，我们改天吧。"

他立刻回复：

"不忙不忙，只是想介绍大家认识。没关系，那我们还是自己见面好了。你想吃什么？"

"你决定吧。欢迎你朋友一起。"

世杰约在民生社区，七点晚餐。她四点就坐公车过去，想去那边的咖啡厅坐坐。上了车，司机的驾驶技术超好，她靠着车窗，稀里糊涂又睡着了。头轻轻撞窗，梦里听起来，像是高中乐队时打鼓的声音……

睁开眼，一个穿着制服的高中男生看着她。她直觉地抹抹嘴，表情尴尬。她看向窗外，过站了。她站起来往前冲，男生叫道："小姐，你的水壶！"

她回头，拿起水壶，对那男生一笑。那男生的笑容很温暖，像水壶里的热水。

你看，台北还是有很多好男人！

过站了，但时间还早，她索性散步。她很喜欢民生社区狭窄巷道中浓密的树，像老船长的络腮胡。下午的阳光打下去，躺在地面的阴影和直立的老树互相唱和，变成一首协奏曲。

她走进民生公园旁边的巷道，站上人行道和草地之间的矮墙。她像小女孩一样，在矮墙上行走。右边是公园，左边是住家。公园里，小朋友打垒球，远远传来叫闹声。左边的公寓虽旧，但有几户把阳台打掉，变成整面的落地窗，屋内优雅简洁的装潢一览无遗。她用手机拍下，传给南西：

"我们一辈子买不起的房子！"

南西立刻回复：

"房子不重要，房事比较重要！"

她准时到餐厅，世杰和他朋友还没来。

"小姐，要先点饮料吗？"

"我先喝杯热咖啡。"她怕待会儿打瞌睡。

他们一起走进来时，她咖啡都喝完了。

世杰和北京来的朋友有说有笑、旁若无人地走进来。南西如果在现场，一定会在桌下踢明丽：你看吧，我就说是 gay。

她的同志雷达不像南西那么敏锐，但连她都怀疑他们真的是一对。世杰的朋友，有点年纪了，但看起来精神奕奕。

"明丽，这是阿川！阿川，我朋友明丽。"

"明亮的明？美丽的丽？"阿川说。

"是名利双收的名利。"明丽自嘲。

阿川笑。

"你是台湾人？"明丽问。

"是啊！"

"世杰说你从北京来？"

世杰说："我说他从北京来，没说他是北京人。"

阿川说："就像世杰说你很美，没说你是美国人。"

这……这……这是笑话吗？

她捧场地笑了。

"我没这么说，他乱掰的。"世杰说。

"我猜也是。你对我的误解应该没这么深。"明丽笑。

"他对你应该很了解吧。听说你们认识十年了！"

"没错。但十年只见过三次面。"明丽说。

"像陈奕迅那首歌，十年之后，我们还是朋友。"世杰说。

"不是仇人，就谢天谢地了！"明丽说。

"当初怎么认识的？"阿川问。

"第一次是在 DVD 出租店。"世杰说。

"这年头还有人去 DVD 出租店？"阿川说。

"可见我们多老了。"明丽说。

"是一个星期五晚上，"世杰说，"我走进店里，一眼就看到这个女生。"

"惊为天人吗？"明丽睁大眼睛。

"比较像是暴殄天物！漂漂亮亮的女生，却穿着一双拖鞋，一条像是抹布一样的裤子。"

"哪有！"

"我来回走了两圈，不知该怎么搭讪。然后看到她拿起一部新片，就对她说：'这部片很好看，值得借！'"

"你胆子真大！"阿川说，"你怎么知道她没有男朋友？"

"我想，这么邋遢的女生，应该没有吧！"

"应该是这么居家的女生，一定名花有主了！"阿川说。

"名花有主，星期五晚上会一个人去租 DVD？"

"你怎么知道她男友不是去停车？搞不好人行道上闪灯等她的就是她男友。"

"我当然不知道，但当时她看起来，就是单身的样子。"

"单身是什么样子？"明丽问。

"好像我的病人坐上椅子，我根本还没做任何事，他们全身就开始紧绷……"世杰说，"单身的人，就像看牙的病人，看起来就有点紧绷。"

"喔，是吗？"明丽说，"那你猜我现在单身吗？"

"铁单身！"世杰说。

"我倒觉得你正处于分手与复合的挣扎之中。"阿川说。

世杰不信："处于分手与复合的挣扎之中，外表是怎样？"

"像拔完牙，麻药过了，开始感觉痛的样子。"阿川说。

"所以答案是？"世杰问。

"为什么要我先说？你们先坦白。"明丽反问。

"这么快就要玩真心话大冒险了吗？"阿川问。

还没喝酒，没人愿意坦白，所以他们点菜。

看完菜单，她看阿川。

他的白发已经不听使唤地冲上额头，虽还没占领整个头顶，但已在各角落扎营。

四十五？五十？五十五？这把年纪，应该结婚了吧！如果未婚，应该是离了。要不然就是"另一阵营"的朋友？

"小姐吃什么？"

"我点牛排。"

"要做几分熟呢？"

"五分。"

"先生？"

"蔬菜炖饭。"阿川说。

"我点鲑鱼好了。"世杰说。

"你吃素啊？"明丽问阿川。

"没有很严格，就是尽量吃清淡一些。"

"宗教原因？"

阿川摇头。

"环保？"

"没那么伟大。"

世杰指着心脏说："是这里的问题。"

明丽瞪大眼："心脏？"

世杰说："心态。他觉得人的灵魂会变成动物……嗯，你是怎么说的？"

阿川解释："我们死后，灵魂会去寻找下一个躯体，这躯体可能是人，可能是动物。如果我们吃动物的话……"

明丽衔接："就等于吃人？"

阿川点头。

"要不要改点沙拉？"世杰问明丽。

"不、不、不，我还是喜欢吃我的肋眼。"明丽说，"我吃到的应该都是坏男人。"

"碰过很多？"阿川问。

"喔，经验丰富。"

"怎么会？你不是坏男人喜欢的型啊！"世杰说。

"什么意思？坏男人喜欢哪种型？"

"说不上来，但你不是。"

"瞧不起人！"明丽不服气。

"恰恰相反，被坏男人看上，不是什么光荣。"

"光不光荣，我们自己决定。"

"我同意，坏男人应该不会看上穿拖鞋的女人。"阿川补一枪。

明丽转变话题："你怎么会把肉跟灵魂想在一起？"

阿川："不是我想的，是毕达哥拉斯想的。"

明丽："毕达哥拉斯是谁？"

世杰："我第一次听到以为是好莱坞的明星。"

阿川："那是毕雷·诺斯。"

明丽："毕雷·诺斯又是谁？"

阿川："不重要！'毕氏定理'记得吗？"

明丽："哇，我二十年没听过这四个字了。"

阿川："二十年……让我算算你几岁……"

明丽："喂，不要岔题！'毕氏定理'学过，但忘光了。"

阿川用手势辅助："直角三角形，直角的两个边，一边的长度的平方，加另一边长度的平方，等于斜边长的平方。"

世杰："想起来了吗？"

"真不愿想起来。"明丽做出痛苦的表情，"我从来不知道'毕氏定理'跟我的人生有什么关系？我每天上下班，从来不会接触到直角三角形。"

世杰："我每天都会接触到。我很多病人，坐在诊疗椅上的姿势，就像一个直角三角形。"

阿川笑："你们觉得不实用，但毕达哥拉斯认为数学可以解释世上一切的事物。"

世杰："弗洛伊德说性才可以解释一切。"

明丽："在我的世界，我妈解释一切。"

阿川笑出来："那我想认识你妈妈。"

"你们应该谈得来，她数学很好，算我的年纪特别精准。"

"你妈待会儿在家吗？"

"他们星期六晚上出去练气功。"

"那太好了！我正好可以跟他们切磋。我学过气功，可以帮人打通血路。"

"什么状况需要打通血路？"明丽问。

"很多啊！身体僵硬、腰酸背痛……"

"喔，这我妈有经验！她带我去看过一个老师。"

"什么老师？"

"一个很漂亮的老师。她坐着，要我躺在她胸前，然后她双臂从我背后伸到前面，紧抱着我的肚子……"

阿川和世杰深呼吸，想象那情景。

"我背压着她的胸，有点不好意思……"

"她身材太好了？"

"没错！我们维持那姿势，她每隔几秒钟就突然猛力抱我一下……"

"这是什么怪招？"

"真正怪的是，她每次猛抱我，我们两人会一起打嗝。"

"哇……"世杰赞叹，"我想试试。收医保卡吗？"

阿川调侃："你一定也会有反应，只不过未必是打嗝吧。"

三人笑。

"那老师帮你看好了吗？"阿川问明丽。

"有时候还是怪怪的。"

"要不要我帮你治疗一下？"

"先讲你治疗的姿势是怎样，我再考虑。"

"绝对是你妈妈可以旁观的姿势。"

服务员上菜。三人拿起刀叉。

"等一下，你刚才没讲完。那毕氏定理，跟吃素有什么关系？"

明丽问。

"喔，毕达哥拉斯除了是数学家，也是哲学家。人死后灵魂会去寻找下一个躯体，就是他说的。"

"喔……"明丽终于了解，"其实不必等到死后，有时候星期一早上的会连开三小时，我的灵魂已经去找别的躯体了。"

"世杰说你在银行上班？"

"做风险控管。"

"这是做什么？"

"确保各部门的营运都符合主管机关的法令和公司的内规，降低公司违法的风险。"明丽问，"你做什么？"

"我开了一家公司，做人工智能，用电脑分析大量的医疗影像数据。"

"为什么在北京做？"

"资金多、市场大。"

"做了几年？"

"我在北京八年了，换过几个项目，两年前开始做人工智能。"

阿川继续问明丽："做风险控管……那你是律师吗？"

"我像律师吗？"

"你像老师。"

"教什么的？"

"烘焙。"

"你是看体型吗？"明丽自嘲，"其实我除了蒸脸，什么都不会烘。"

那餐厅会烘焙。服务员上来点甜点。

"你们点吧，"世杰说，"我很少吃甜的。"

"职业病！"阿川说，"明丽，我们点。"

明丽点了起司蛋糕、苹果派和布朗尼。但随即对阿川说：

"你吃素，可以吃蛋糕吗？有牛奶耶！"

"没那么严重啦！"

"要咖啡吗？"服务员问。

只有明丽举手。

"世杰说你喜欢喝咖啡。"阿川说，"不会睡不着？"

"常常。但不是因为咖啡。"

"世杰说你很多愁善感，看《暮光之城》还会掉眼泪。"

"世杰好像跟你说了很多我的事？他都没跟我说你的事。"

"你没问啊。"世杰说。

"世杰也没说什么。他只说他喜欢过一个可爱的女生，想带我去看看。"

"这把年纪还被称可爱。世杰真是仁心仁术的好医师！"

明丽沙盘推演：

一、世杰喜欢过她。

二、世杰觉得她可爱。

三、世杰不是 gay。

"我哪有这么说！"世杰反驳。

"那就是你的人工智能有问题！"

明丽迅速修正：

一、世杰可能说过，也可能没说过这句话。

二、如果世杰说过，之前三项结论依然成立。

三、如果世杰没说过，那就是阿川"借刀杀人"。

四、我累了，这把年纪了，不想再用沙盘了。

"喂，陈明丽！"世杰叫她，"灵魂去找别的躯体啰？"

"没有没有，"明丽回神，"灵魂刚才去洗手间。"

阿川去了洗手间，留下世杰和明丽。世杰从包包中拿出一包面纸擦嘴。

"要不要？"世杰把面纸递给明丽。

明丽摇头。

"牛排好吃吗？"世杰问。

"很棒！你们两个人加起来吃得还没我多。"

"最近都好？"

"很好啊！最近公司没有被告。"

"标准这么低？"

"知足常乐。那你呢？"

"最近忙坏了。诊所有位医师出国旅行一年，病人都转交给了我。"

"好棒！出国旅行一年。我也想去！"

"我也想！"世杰说，"要不选个地点，我们一起去？"

明丽没有接话，他们并没有这种交情。

"也许没办法一年，一个礼拜总可以吧？你什么时候有假？"

明丽还没来得及，也不知如何回答。阿川走了回来，没坐下，直接说："要走了吗？"

世杰和明丽对看一眼，慢慢站起来。

走出餐厅时，四月的凉风吹来，本应让人清醒，但明丽更迷惑了。

阿川叫道："你闻，这树的味道！"

我怎么没闻到？

世杰回应："只有春天有这种味道！"

你们俩倒是心有灵犀！

"你们怎么走？"阿川问。

"我坐出租车。"世杰说。

"你车嘞？"阿川问。

"唉，一言难尽。"世杰说。

"车子怎么会'一言难尽'？你一副好像是讲前女友的样子？"明丽说。

"很接近了！"

阿川对明丽说："我开车，你住哪儿？我送你？"

明丽不想让世杰落单，于是说："没关系，我还要去我爸家，我坐地铁就好了。"

"民生社区哪儿有地铁？"世杰说。

"你爸家在哪儿？送你没关系啊！我先送世杰，再送你。我还想跟你妈打个招呼嘞。"

"那你大概回不了家了。"

她想透透气，婉谢了接送的邀请。

"好吧！"阿川说，"那你自己小心。你用微信吗？"

他们当下在微信连接了起来，一旁的世杰说："加了要常联络喔！"

明丽不解地看着世杰。

"那……我们去开车了。"阿川说。

"拜！"明丽挥手。

世杰边走边大叫："明丽，考虑一下我刚才说的，一个礼拜！你一定抽得出空！"

他们离去的背影，还是有说有笑，和他们走进餐厅时一样。

明丽拿出手机，吃饭时间，南西发了三个短信。

"怎么样？北京哥帅吗？"

"要不要我打电话救你？"

"喔，不回，有搞头喔……结束后赶快回报！"

她不知怎么回报。

她钻进民生社区的巷道，下午的树荫，变成夜晚的阴影。愉快的晚餐，留下一堆问句。

世杰、阿川、明丽，变成一个直角三角形。毕式定理，适用于他们吗？

MAY

五月

1

"明晚一起吃饭？"

阿成问，她没回。

她回到家，走进厕所卸妆。她找卸妆乳，开柜子的力道太猛，东西全掉了出来：梳子、发环、口红、眉笔、指甲刀、棉花棒、耳环……

那副耳环，是当年阿成送的。

她一边捡一边想，这副耳环已经不适合她了，为什么她还放在这儿？

她关上柜子，躲到沙发前，打开电视。名嘴正口沫横飞地评论政局，夸张的表情和动作好像一场马戏。

主持人说："接下来我们换个话题，就是最近网友都在骂的这个银行员工偷情事件。"

一位名嘴说："小三偷情，想要脱身，却无法自拔。孽缘！孽缘啊！"

"她为什么想脱身？怕破坏这男的家庭？她跟他上宾馆时已

经破坏了他的家庭。"

"为什么说是她破坏？是这男人带她上宾馆的。为什么这种事情发生时，社会都把责任推给女人？"

"她真正怕的是破坏自己的名誉。毕竟她的家庭和公司都很保守，事情闹大了，怎么跟父母和老板交代？"

"她妈妈应该会撞墙。"名嘴模仿撞墙的动作。

"她爸爸血压会爆表！"名嘴举起手臂，模仿被电击。

"真正该撞墙的应该是她的银行吧。你知道她在公司负责什么？'风险控管'！'风险控管'耶！"

"她的银行会出现挤兑！"

"她的银行会第一时间开除她，撇清责任。"

"还要跟主管机关交代，报告写不完了。"

"她干吗跟一个有妇之夫纠缠？她条件也不差，跟阿川、世杰这些男人交往不是很好吗？"

"阿川、世杰又好到哪儿去？"

"至少单身吧！"

"阿川、世杰是一对啦！"

"那就只好跟这个有妇之夫啰！没鱼，虾也好！"

"唉，你们这些大男人，都太沙文主义了！"女名嘴说，"你怎么知道这一切不是她自愿的？那男的虽然强势，也没有拿枪逼她。她上了重机、去了新竹、进了宾馆，她有很多机会逃脱啊！为什么不逃？因为她也有情欲！她也想满足！"

"可以因此破坏别人的家庭吗？"

她看着电视玻璃上自己的倒影，名嘴的脸重叠在她的脸上。

是啊，这会不会是她自导自演的一出戏？

她想找人聊聊。

她可以跟南西说。南西尺度开放，但就连她也会问："你为什么跟他进房间？"

她怎么回答？

她用阿成送的咖啡豆泡了一杯咖啡。很酸，她整杯倒掉。

她倒在床上，做了一个梦。

她跟弟弟说："我怀孕了，想在美国生这孩子，你可不可以收留我？"

弟弟说："我跟 Candy 商量一下。"

Candy 答应了。她辞掉工作，飞到美国。

她在家闲得慌，一早下大雪，雪停了，她挺着大肚子铲雪。Candy 回家后看到她在铲雪，大叫："大姐，你肚子那么大，怎么能铲雪！"

Candy 把这事告诉弟弟。那晚，弟弟走到她的房间："你这么大费周章要生小孩，你真的那么喜欢小孩吗？"

"你以为我来游学吗？"

"我们每次带 Danny 回台湾，你也没有特别花时间跟他玩。"

"谁说的？我不是带他去看电影！"

"Danny 回来跟我们说，姑姑带我去看电影，一直在打哈欠，有一段还睡着了。"

弟弟把铲雪的事告诉妈妈，妈妈决定飞到美国来陪她。早上，她和妈妈一起坐公车去产检。诊间外面等候的大多是先生和太太，只有她们是太太跟妈妈。

她是高龄产妇，要做很多额外检查。她在美国没有保险，一切都得自费。工作十几年来的积蓄，通通花光。

当验出性别是男生那天，妈妈跟爸爸 Skype："花这么多钱，还真的是如假包换的'金孙'。"

爸爸说："你有个朋友今天来家找你。"

"谁？"

"他说他叫……阿成是吧？"

"就说我移民了。"

她决心切断跟阿成的一切联络。这样对大家都好。

预产期那周，爸爸也来美国了。她剖腹产，所以不会让老爸久等。约好时间去医院，好像是约好去洗头。

半年不见，爸老得好明显。有些驼背，拎了一大箱婴儿用品。

"台湾买比较便宜吧！"他说。

"爸，这些东西美国买才便宜。"

进产房时，一家人，爸、妈、弟、弟媳、侄子都围着她。台湾的一切，工作、朋友、微信上一千个朋友，突然都变得好遥远，好像在另一个星球，或另一个世纪。她的生命只剩下这五个人。

医生帮她装上血压、心脏监视器。麻醉师轻声细语地说："那我们要打麻药啰……"

然后她就醒了。

醒来，她在台北，不在美国。看表，半夜三点半。

她口干，爬起来，走进厨房，喝了一口水。

她走到阳台，深呼吸。夜深了，巷子很安静。但巷尾的玉兰花树正在喧闹，风一吹，香味迎面而来。

她回到床上，关上灯，然后想起，隐形眼镜还没拿下。

隔一天上班开会时，眼睛还是红的，她只好戴眼镜。不巧，小红也来了。

"对不起，我去洗手间一下。"

她冷静地从会议室走出来，走回座位，拿起包包，走进女厕。关上门，坐在马桶上。

她清理干净后，走出来，在洗手台洗手。

她看着镜中的自己，从眼球到内心，都闪着红灯。

泪水从红眼边缘慢慢流下……

她连忙用手去堵："不能这样！不能这样！还要回去开会啊……"

泪水和小红，一起进逼。她伸手抓擦手纸，一把抓了一大叠。

粗糙的纸，却接不完眼睑的泪。女厕的地板被淹没了，擦手纸浮在水面，不知要漂到何方……

2

就像那些"名嘴"说的，明丽的工作是"风险控管"，确保各部门的做法符合主管机关的规定和公司的政策。讲白了，就是公司的纠察队。

这样的工作性质，让她上班时要跟各部门开很多会。有时苦口婆心，有时疾言厉色。

"最近公司内规改了，业务同仁反映去争取新客户时很麻烦，要做这么多身家调查，客户都不耐烦了。"业务主管跟她抱怨。

"美国的'肥咖条款'，客户也都知道。我们依照法令办事，保护客户，也保护同仁。"明丽早已习惯业务主管的抱怨，回答起来和颜悦色。

"如果是大客户，你明知他有美国国籍，但他硬是不愿揭露，这样的客户你接不接？"

"当然不接。"

那场会开了三小时。明丽把公司应对"肥咖条款"的规定一一说明。那简报她已经在各分行做了十几次，连PPT的顺序都背下来了。她的眼神专注、语气坚定，眼中闪出的光，比投影机的光束还亮。那三小时的她，跟前几天在厕所里掉泪的女子，不是同一个人。

正因不必看荧幕，她可以看到黑暗的会议室中，有同事低头滑手机，也有人用手遮住打哈欠的嘴。这是纠察队的宿命，没有人会认真看待你，直到出了事。

她放慢速度："这一段大家要注意了。去年在瑞士一家银行的行员，就是因为这里出了问题，一出瑞士国境，就被美国政府抓起来了。"

这句话有效，拿手机的立刻抬起头。有人说："不会吧……"

明丽乘胜追击："美国政府不只抓公司，也抓公司的职员。所以这些规定，除了保护公司，也是要保护大家！"

被美国政府抓的恐惧，只维持了几秒钟。散会时，大家抢着冲出会议室。

一位男同事留下来帮她关投影机，收回没拿走的讲义。

"我不知道法规这么重要！我过去的公司，从来不谈这些。"留下的同事说。

"法规一向重要，但随着美国政府法规的改变，我们现在更小心。"

"你们做这行的，是不是都很保守？"

"是啊！当不了艺术家。"

"你想当艺术家？"

明丽摇头笑笑："我没什么想象力。"

"你太客气了，你做简报时很有魅力。"

明丽停下来，对他微笑。她不认识这位同事，他看起来很年轻。

"很少人会觉得这些法规有魅力。"

"我不是说这些法规有魅力，我是说你有魅力。"

走到茶水间，刚才跟她抬杠的业务主管在泡咖啡。他们共事很多年，在会议上要各自表达立场，私底下跟朋友一样。

"上次那个客户谢啦！"

"谢什么？"

"我知道那个客户的情况是灰色地带，谢谢你帮我们背书。"

"没什么啦！"明丽笑笑，"毕竟公司要赚钱，我们才有薪水啊！"

"哇，你听起来像业务！要不要调来我们部门？"

"想喔！恭喜你们这个月业绩很好，红利应该不少。"

"搞不好很多新客户有美国国籍我们不知道。"

"哎哟，你阅人无数，一定有办法搞清楚啦！"

"我阅人无数，也会看走眼啊！比如说周末我一个客户介绍一位新客户给我，说是在北京的台商，做人工智能，看起来很正常，但就是有点太正常了，反而怪怪的。我想摸他的底细，就是问不出来。"

她笑笑，离开茶水间，回到会议室，开始准备下一场简报。

阿川回北京后还好吗？

3

中午和南西见面，把周末的"直角三角形"晚餐说了一遍。

"哟，'第三盘'打得很顺手喔。又是台商，又是牙医。桃花不开也罢，一次开两朵！"南西放下刀叉，像法官敲下锤子宣判。

"这是桃花吗？"

"台商有传微信给你？"

"没有。"

"你有传给他？"

明丽摇头。

"没接触？怎么摸清底细？你叫业务去做身家调查那么严格，自己做身家调查怎么这么马虎！"

"不一样啊。"

"当然不一样！"南西说，"公司出问题，有公司顶着。你自己出问题，只剩你自己。对自己的事，要更积极！"

南西立刻拿起手机："叫什么名字？我来查。"

"我搜寻过了，找不到。"

"那就有问题！"南西冷笑，"搞不好被通缉！"

"被通缉怎么会回台湾？"

"他在大陆被通缉！"

"看起来不像！"

"唉，这些远在天边的人都不可靠，不要浪费时间了。"

对，不要浪费时间了。那天公司特别忙，她们匆匆吃完。桌上还剩两块面包，明丽拿起纸巾，包了面包，放进包包。

"不好吃，不要了啦！"南西说。

"不要浪费。带回去晚上吃，最近都忙到八九点。"

八点多，她还在公司，手机响了。

"嗨，我是阿川！北京大叔，记得吗？"

不会这么巧吧！中午还在说你。

"你还在台北？"

"早回北京了。"

"北京冷吧？"

"还好，习惯了。"

她离开公司，走出大楼，走进冷风。她需要吹一点灵感，才能继续这段对话。

她走进地铁市府站，看着长长的电扶梯，有棱有角，却没灵感。

手机握在手掌，像没有出鞘的剑。

她一个人站在长长的电扶梯，后面赶时间的人向前冲时撞到她。

手机握在手掌，像缩头的乌龟。

走出电扶梯，她看到月台上电子荧幕上的时间。灵感来了，对啊！现在是吃饭时间！

"今晚吃什么？"明丽问。

"待会儿回家煮个面。"

"这么简单？"

"还要做抹茶蛋糕。"

"你会做蛋糕？"

"很简单，你也会的。"

"这方面我是白痴。"

"想不想学？"

车来了，她挤进车厢。人挤正好，不必拉吊环，双手可以空出来聊天。

"我连烤箱都没有。"她说。

"不需要烤箱！"

"怎么可能？"

"你先准备材料：蛋、牛奶、色拉油、蜂蜜、黑砂糖。家里都有吧？"

"我只有蛋耶＞＜"她加上表情符号。

"牛奶都没有？"

"喝完了。"

"色拉油呢？"

"橄榄油行不行？"

"柴米油盐都没有，你很公主耶！"

"我才不公主。我连吃饭的时间都没有，哪有时间做饭！"

"想不想从今天开始改变？"

她不想改变，更没时间从今天开始。但为了让这段对话继续，她打下：

"蛋、牛奶、色拉油、蜂蜜、黑砂糖。然后呢？"

"然后搅拌。再把筛过的低筋面粉和发粉倒进去，搅均匀，最后铺上榛果……"

"你又说了三样我没有的东西！喔，是四样，包括筛子！"

"我看是六样吧！你还需要一个瓷盘，把刚才那些东西倒进瓷盘。还需一个平底锅，加点热水，然后把瓷盘放进平底锅，蒸二十五分钟。"

"还要瓷盘！免洗餐具可以吗？"

六样东西有什么难的？公司风险控管的清单上有两百多样，

我也是一件一件完成！纵使是公主，我也是铁扇公主！

"你现在在哪里？"他问。

"地铁。要下车了。"

"@@！我也在地铁！我也要下车了！"

她笑了出来："你在哪一站？"

"大钟寺。你呢？"

"善导寺！"

"走到月台了。"

"我也是。"

他们一起走到月台，接下来要去哪里？

"我想再跟你见个面。你最近有机会来北京吗？"

"没有。"

"那下个月我再回台北一趟。你会在吧？"

这些交错的巧合，像地铁的路线。她可以沉醉在这样的气氛中，一路跟他短信到家，再聊其他的甜点或意大利面。如果年轻五岁，那是唯一的选项。

但她的岁数货真价实，她看着月台的电子钟，时候不早了……

"六月初可以吗？"阿川逼问。

她想起小林、士哲、阿成。她想跟全世界做朋友，但时间只剩这么多。

"你结婚了吗？有女友吗？"她直接问。

他没有回复。

　　她离开月台，走出地铁站，一个人走在路上。一个简单的问题，立刻把他带走了。

　　她没有追问，那也是年轻五岁才会做的事。

　　她回到家，走进门，踢开高跟鞋，随手扔了钥匙，光脚踩在地板上。

　　她找出橄榄油和红酒，拿起包包里午餐剩下的面包，手机上挑一首法文歌，翻开一本巴黎旅游书。

　　她想象自己坐在玛黑区的露天咖啡厅，左边的客人在讲手机，右边的客人在翻报纸，前方的衣橱是毕卡索博物馆的大门。

　　她把面包撕成小碎片，慢慢咀嚼。曾经有个男生告诉她，一口要嚼三十下才健康。

　　吃了两口，手机响了。

　　"有个女友，在台湾。你呢？你有男友吗？"

　　她继续咀嚼，并拿起红酒。

　　旅游书上说，玛黑区有家香水店，有专业的调香师为顾客调制特别的香水。

　　待会儿去看看。

4

　　连日加班让她全身紧绷，她跟瑜伽老师约了一对一课程。

　　那天她提早下班，难得提前抵达教室。走进去时，老师已经老神在在地盘腿坐在那儿。还是他的标准配备：贴身背心和短裤。

室内灯都关了，只剩墙角四根蜡烛。不像教室，像地窖。

"今天有没有哪里要加强？"老师在黑暗中问她。

"全身都要加强！"

"那我们先从站姿开始练习。两脚大拇指并拢，脚跟分开，背靠墙，肩也靠墙。"

明丽一步一步照做。

"背要完全靠墙……压我的手……"老师把手放在她的背和墙中间的空隙，她把背放平压墙。

"肩膀不能翘起来！"

老师把她的两肩往墙上推，但这下子她的背又缩起来，离开了墙。

"吸气，把肚子收起来，压我的手……"老师的手还在她的背和墙之间。

老娘也想压你的手啊！但就是压不到嘛！

"现在把右脚抬起来，双手抱着膝盖。背和肩膀还是贴着墙，压我的手……"

我连双腿着地都压不到你的手了，一腿离地哪有可能？

但明丽没说出来。她咬牙切齿，努力想做到。

"嘴巴放轻松，记得呼吸……"

"背压墙，不要驼背！"

她像是站在别人的背上，进退失据。

老师看到她的吃力："把脚放下。背还是靠着墙，屁股往下移，想象自己悬空坐着。"

她照做，双脚虽然九十度悬空坐着，但背靠着墙，所以还算轻松。

"把两手往前平举，手心向内，"然后老师把一块瑜伽砖放在她两手间，"两手拿着瑜伽砖，慢慢往上伸，碰到墙壁。"

双脚九十度，两手往上，屁股悬空，这下子她觉得累了。

"大腿稳吗？"没等她回答，老师把脚踩在她的大腿上，她努力抵抗，小腿和举在空中的双手，都开始发抖。

"很稳！很好！"这是老师今天第一次赞美。

"来，撑住，持续五个呼吸。"

可以三个就好吗？

"好，把双手放下……"老师收回瑜伽砖，"好，现在慢慢站直，身体靠墙，休息一下。"

明丽猛吸一口气，汗水滴到瑜伽垫。

"来，我们现在面对墙躺下，脚掌贴着墙。"

耶！躺下，她最喜欢的动作！

她躺在瑜伽垫上，老师跪在她的垫子旁边，然后把手伸进她背下的空隙。

她闭上眼睛……

"还是一样，背和肩贴着垫子，收小腹，用背压我的手。"

她把背贴在瑜伽垫上，眼睛闭上，她可以感觉到，他正注视着她的脸，或是她的胸？

他在想什么？

也许他在想："咦？我这学生怎么做瑜伽还越做越胖？"

"好，现在把脖子垫在瑜伽砖上。"他把瑜伽砖放在她的脖子下，"然后身体慢慢往上移，让瑜伽砖去按摩你整个背部、腰部。"

她慢慢移动，硬的瑜伽砖刮着软的背，好痛。

"痛啊？"老师问，"平常电脑用太多啰？"

她忍住痛，不想被看穿。

上背、下背、腰、屁股……瑜伽砖像一台车，开在坑坑洞洞的马路，不断跳动，最后停在膝盖下。

"我现在把瑜伽砖拿走，你用双手把右腿拉到胸前，尽量靠近下巴……头不要抬起来……然后换左腿……"

老师跪在她脚前，面朝她，用双手压她小腿，帮助她把膝盖拉近下巴。

想压我，也不是这种压法！你这是泰式按摩吗？

"会痛吗？"

她咬着唇。

"受不了要说喔！"

她受不了，但不想示弱。

"受不了了！"最后还是服输了。

"好，换左脚。"

天啊！

当他压完她的左脚，她确定他是虐待狂。

"很痛吗？"老师问。

废话！

"滚瑜伽砖，可以看到你的腰很柔软。但拉腿，就看出你的大腿很紧。"

她躺着，点点头。感觉自己像歌唱节目的参赛者，聆听老师讲评。她闭者眼、低着头。我需要有个凄苦的童年吗？我需要有失败十次越挫越勇的经验吗？我需要适时掉泪吗？

"你是不是没有安全感？"

这句话像天花板掉下一块砖，她来不及闪。

"怎么说？"她问。

"你听过'七轮'吗？人体就像一个小宇宙，从头到脚有七个轮穴。"

"我只听过高雄有个七轮烧肉。"她不压抑地冒出这句，"你吃过吗？"

"我吃素。"

"那'七轮'是什么？"

"说法不同，大致上，从头到会阴，是顶轮、眉轮、喉轮、心轮、太阳轮、脐轮、海底轮，各自主宰某些功能。"老师声调放慢，"但你现在躺着这么舒服，如果我现在解释，你又要睡着了……"

"不会不会，我很清醒，你说。"

"你的腰，就是你的脐轮，很软，代表你是一个感情丰富的人。"

"这是好事还是坏事?"

"那要看你信不信佛了? 你有宗教信仰?"

明丽仍闭着眼,摇头。

"你的腿,就是你的海底轮,很紧,代表你的心放不开。而放不开的原因,就是你没有安全感。"

这是哪门子心理分析?

"你觉得我有安全感吗?"她睁开一直闭着的眼睛,看着跪在一旁的老师。

老师笑笑,眼角的鱼尾纹勾住了她柔软的腰,没有回答。

我的确没有安全感。因为我的职业是风险控管,我随时担心公司会出事。

我的确没有安全感。因为我三十六岁了,想结婚,但碰到的都是不适合结婚的男人。

我的确没有安全感。因为烛光这么浪漫,我穿着紧身衣躺在这儿,你穿着紧身短裤跪在我面前,而你想对我做的,只有心理分析。

JUNE

六
月

1

朋友们听到她在银行上班，总是发出羡慕的声音。

"制度一定很好！"

"假很多！"

"可以准时下班！"

在薪资低、没保障的就业环境中，银行是除了公家机关外，少数相对稳定的工作。于是朋友编织了很多遐想：

"公司大楼很漂亮，楼下还有星巴克！"

"大家都有英文名字吧！"

"出差都住五星级饭店！"

"工作内容应该充满挑战性！"

以明丽的等级，出差当然没住五星级饭店。而星期一早晨，当她站在两台裁纸机前，看着机密文件慢慢滑进，并不觉得这工作有什么挑战性。

她从两台裁纸机的下方拿出纸屑比较，"你看，"她跟 Jenny 说，"旧的这台是垂直裁切，有心人还是可以把裁过后的纸拼成原件。新的这台是交叉裁切，裁过后就死无全尸了！"

"好像谷类早餐喔！"Jenny 说。

"接下来就是要大家习惯用新机器！"

"这有什么难的？把旧机器搬走不就好了！"

"但如果大家不习惯，就干脆不裁了。"

"反正我们会统一帮大家裁。"

"还是可能遗漏！"明丽强调，"只要一张该裁的没裁掉，被稽核到，你我的饭碗就不保啦！"

"有这么严重吗？"

"你有听到公司最近要裁员的传言吗？"

"有啊。"

"那凡事还是看得严重一点比较好。"

"如果公司这么没保障，我们做这么辛苦干吗？我还有自己的生活。"

"下班后你有自己的生活，"她们关掉裁纸机，一起走向女厕，"现在先去想想看怎样推广新的交叉裁纸机吧。"

"办个谷类早餐大赛？"Jenny 说。

"谷类早餐大赛？"

"反正裁出来的成果这么像谷类早餐，就找一天请大家吃谷类早餐。强调裁纸的目标是'谷类早餐'！不是'拉面'！"

明丽看着女厕镜中的 Jenny。

她老了。不只是因为女厕的镜子对比出两人外表的差别，也因为 Jenny 这些另类的创意。

下班前 Jenny 就写好了"谷类早餐"企划案。明明坐隔壁，她也用微信传。明丽打开，企划案叫：

"'谷类早餐'对决'拉面'！你挺谁？"

"你在策划日本美食节目啊？"明丽微信回去。

"不喜欢？"

"没有。但得想一想怎么说服老板。"

"今晚我请你吃饭，讨论一下。不过我只能请自助餐。账户快空了，上个月的卡债也还没还。"

"不用啦！我请客，我们去吃好的！"

2

那晚她们难得准时下班。为了掩人耳目，还把包包留在桌上，分别离开，好像只是去洗手间。

出了办公大楼，往西餐厅走。夏天的夕阳，催明丽戴起墨镜。

"你好有型！"Jenny 看她，"墨镜、高跟鞋、小皮包，不像在银行上班，好像在广告公司！"

"有什么型？这些都是在网路上买的，哪像你用名牌！而且，别对广告公司存有幻想。我朋友在广告公司，薪水超低，天天加班，完全没有你想要的'自己的生活'。"

"至少工作比较有趣吧！"

"每天写报告，被客户骂，你觉得有趣吗？"

"现在哪个行业不是这样?"

"至少我们老板修养好,不会骂人。只不过他如果收到一封
E-mail,标题是'谷类早餐'对决'拉面',他一定以为是垃圾
邮件。"

"他的品位很难捉摸耶!"

"还好啦。跟他做久了你就知道。"

她们在餐厅坐下。

"小姐要先来点矿泉水吗?"服务员问。

"我可以点调酒吗?"Jenny 问明丽。

"当然!"

"那我点'Around the World'。"

"我喝白开水就好,"明丽放低音量,"你点'失身酒'耶!"

"看我多信任你!"

酒精有利于八卦,一下子,话题就开始"环游世界"。

"有人说老板的老婆在二楼那家公司,你见过吗?"Jenny 问。

"有听说,没见过,但想见。我想看看谁能忍受这么机车的
男人!"

"我真佩服你能跟他做那么久,还让他那么倚重你!"

"倚重?他只是在压榨我!"

"有一次下班我在电梯遇到他,从二十三楼到一楼,他一句
话都没跟我说。"

"那你有跟他说吗?"

"我说'老板好'。"

"他说什么？"

"'你好。'"

"哇，你们聊得好融洽喔！"

"所以我佩服你跟他开会能开三小时！"

"都是他在说，我只是去听演讲。"

两人大笑。

"跟老板相处没什么，都是经验啦！"明丽说。

"我羡慕你的经验。"

"我还羡慕你的年纪嘞。"

"有什么好羡慕，每个人都年轻过。"

"你的年纪可以换我的经验，但我的经验换不回你的年纪。"

"没关系，有脉冲光啊！"

餐点上来，她们当然没聊"谷类早餐"企划案。

"周末去哪里？"明丽问。

"上礼拜累死了，周末大昏迷，很废！"

"睡了两天？"

"礼拜天有跟朋友到海边。"

"这么勇敢！礼拜天太阳很大耶！"

"所以才要把握啊！我们躺在沙滩上，睡了一整夜。"

"好浪漫！到我这年纪，你只会躺在沙'发'上，睡一整夜。"

Jenny 的手机连续响，她瞄了几眼，没回。

明丽猜是男友，便问："跟 Jimmy 最近还好吗？"

Jenny 耸耸肩："老样子。我们前几天一起去逛 IKEA。"

"干吗，想成家啦？"

"买不起房子，就逛逛 IKEA，幻想一下家的感觉。"

"穷没关系，有爱就好。"明丽安慰得很勉强，连自己都没被说服，"你们交往多久？"

"大学开始，七八年了。"

"不简单！现在年轻人很少这么稳定的。"

"他很稳定，我不稳定。"

Jenny 拿起手机，滑出刚才那些讯息："这个大叔，最近一直缠着我。"

"大叔？"

"五十几岁了吧，我没问。头发白了一大半，但是属于好看的那种白。"

"像理查·基尔那样？"明丽问。

"理查·基尔是谁？"

"不重要……你怎么会认识五十几岁的男人？"

"同学的生日上认识的。"

"同学的爸爸？"

"来插花的不速之客。"

"他结婚了吗？"

"离了。"Jenny 说。

"有小孩吗？"

"两个。"

"那你们哪有可能？"

"什么哪有可能？"

"哪有可能在一起？你可能当别人的后妈吗？"

"我又没有要跟他在一起。"

"那这些讯息，不回就好啦！"

"我都会回。"

"干吗回？"

"等一下，其实我未必会回。有时他传一些向善文给我，像我爸传的那种，我就不回了。"

"你有恋父情结喔！"

"什么恋父情结？我们就只是吃吃饭、喝喝酒、唱唱歌，去马来西亚玩玩。"

"去马来西亚？你们一起出国？"

"对啊！兰卡威。"Jenny 的表情很平淡，"你去过吗？"

"没有。好玩吗？"

"印象不深，都待在旅馆。"

"就你们两个？"

"难不成他还带他小孩？"

"那你怎么跟 Jimmy 说。"

"就说到兰卡威出差。"

"Jimmy 不会怀疑？"

"这是我最怄的一点，他从不怀疑！感觉他把我当姐姐了。"

"所以你姐弟恋谈得不耐烦，开始父女恋？"

"也还好啦，"Jenny 吃了一口，"大叔也不见得就比较成熟。"

"那你们在兰卡威……"

"他订了两个房间，说我们可以分房住。"

"你们真的分房住？"

"当然不会啊！花这种钱干吗？折现给我好了。"

明丽忍住不皱眉。

"回来后，大叔认真了。有时我和 Jimmy 在家，他会传讯息来说想见面。"

"那很麻烦。"

"那时我就不回了。"

明丽看着 Jenny，仍是一派轻松，没有纠结。

"难怪你会想到'谷类早餐'对决'拉面'。你这三角关系，满像'拉面'的。"

"哈哈，口味重，扯来扯去。"Jenny 笑，"不过这是过渡时期，最近想定下来。"

"为什么？"

"微信开始有朋友结婚的照片，像感冒一样，会传染的。"

"你是因为别人结婚才想结婚？还是你自己真的想结婚？"

"都有一点吧。"Jenny 耸耸肩，"我想要一个海岛婚礼，你要来喔！"

"你认真的？不想在工作上再拼几年？"

"有什么好拼的？薪水这么低，工作内容也无趣，看不到未来。"

"所以要更拼啊！让自己被看见！"

"为什么要被看见？好累喔！"

"不累，哪有钱办海岛婚礼？"

"找一个便宜一点的岛啰，兰屿也很美啊！"

明丽笑。

"你想在哪里办婚礼？"Jenny 问。

"我在社子岛就可以了。"

"哇！好浪漫喔！"Jenny 配合演出，拍手叫好。

"到我们这年纪，很实际了啦！"

"也是！我有些同学，先生小孩，身材恢复后才宴客。"

"你们才二十多岁就开始生小孩啦！"

"这不算早了。大家都有警觉性，二十五岁以后，就容易变胖。如果要找对象，得趁身材走样之前。过了三十，会越来越难！"

明丽装出"中箭"的表情。

"不是说你啦！"Jenny 补救，"你保养得这么好，一定很多桃花！"

明丽答不出来。

Jenny 没有逼她："碰到好咖需要缘分，也许，明天他就在转角处等你。"

"台北市的垃圾车明天会在转角处等我。好男人恐怕没那么容易！"

明丽想起"北京大叔"，他算是"好咖"吗？

"其实，最近有认识一个在北京工作的台湾人……"

"是好咖吗？"

"聊了半天，告诉我他在台湾有个女友。"

"那还不错。"

"怎么会不错？"

"表示他在乎你，跟你说实话。"Jenny 说，"我从来没告诉大叔我有男友。"

这话让明丽的思绪转了弯，她没有这样诠释过阿川的自白。

"所以你不在乎大叔？"明丽问。

"他很迷人，我喜欢跟他出去玩。说在乎，还真没到那程度。"

明丽不了解这逻辑："这男的在不在乎我，不重要，重要的是他已经有女友了。"

"你怎么知道他们在一起很快乐？他们如果很快乐，他一开始就不会想要认识你。"

"不管他们在一起快不快乐，我不要做第三者。"

"第三者"这三个字，明丽讲得心虚。

"很多第二者，也是第三者升上来的。搞不好他现在的女友，之前就是第三者。"

"如果是的话，那不就是'恶有恶报'？她之前是第三者，破坏了别人的关系。现在有另一个第三者，来破坏她的关系。"

"破坏？你讲得太严重了。"Jenny 说，"放轻松，你们应该学我们，去兰卡威'出差'。"

两人笑了。她们吃着甜点，舔着嘴唇。所有的苦味，暂时被掩盖。

吃完甜点，明丽站起身去厕所。回来后看到 Jenny 在看手机，手机放在一个架子上。

"好可爱的手机架！"

"看影片比较方便。"

Jenny 跟着去上厕所。回到座位，兴高采烈地看着明丽："卫生纸是你折的？"

明丽没反应过来。

"你把厕所墙上的卷筒卫生纸的前端，折成三角形，像旅馆房间那样？"

"没什么。我进去的时候，也是折好的。"

Jenny 抱抱坐着的明丽："你真是好女生！"

"呵呵，我干过很多坏事。"

"那我们是同国的！"

明丽指着 Jenny 的酒杯："下次离开座位之前，要把酒喝完。"

"我是跟你在一起啊！"

"还是要养成习惯！如果你是跟那个大叔，谁知道他会搞什么鬼！"

"如果是跟大叔，回来后我当然会再点一杯新的，反正是他买单！"

她们击掌。Jenny 把 "Around the World" 喝完，一切又回到原点。

3

"谷类早餐"对决"拉面"的想法，没有得到老板的同意。

"我们是银行，不是大学社团。"老板回复。

明丽把老板的 E-mail 转传给 Jenny，Jenny 回："银行就不能有些乐趣吗？"

"还是在外面找乐子吧。"

"周末我回请你？"

"周末我要去高雄。"

星期五下班后，明丽赶高铁去高雄，准备第二天当春芸的伴娘。

春芸是她小学同学，从小就有正义感。四年级时，她们碰到一个烂老师，大家都敢怒不敢言，只有春芸反抗。

那时有个同学，叫林裕光，成绩不好，个子胖，动作慢，不讨喜。老师不但不帮他，还把他旁边的位子空出来，并把"罚你坐在林裕光"旁边，作为惩罚其他同学的方式。

有一次，一位同学上课不专心，老师刻意点他回答问题，并说："你如果答错了，就罚你坐在林裕光旁边。"

春芸看不下去，站起来说："老师，我来坐林裕光旁边好了！"不等老师回应，她立刻收拾东西。

老师问："你为什么要坐在林裕光旁边？"

春芸说："因为我认为你这样处罚同学是不对的。我坐在林裕光旁边，这个位子就不能拿来处罚了！"

春芸说出了他们心中的话！明丽从那时候开始崇拜春芸。

大学毕业后春芸回家乡高雄，自己开了一家贸易公司，专卖圣诞树的装饰品，做得很好。

但也因为事业成功，一直没谈恋爱。幸运的是，三十四岁终于遇到真命天子，比她大十六岁，在大学教书，也是第一次结婚。他们先有后婚。儿子已经两岁了。

"我这么老，不能当伴娘了啦！"半年前春芸邀她，明丽婉拒。

"我这么老，都当'新娘'了！'伴娘'算什么？"

她推辞了两个礼拜，有一天接到春芸电话："明天中午有空吃饭？我刚好要去台北。"

明丽知道她是专程上来。

她们在明丽公司附近吃饭。

"当伴娘会有桃花！"

"我当了两次伴娘，从来没有桃花！"

"至少可以认识很多单身男子。"

"坐在台下也可以啊！"

"坐在台下，只能认识同桌的人。伴娘站在台上，大家都会看到，事后都会来跟你搭讪。"

"从来没人来跟我搭讪。"

"记得我们的同学林裕光吗？"

"当然记得！你在他旁边坐了一个学期。"

"他就想跟你搭讪！"

"他后来怎么样了？"

"变成大帅哥，而且生意做得很成功！他进口玫瑰，这次的花都是他布置的。"春芸滑林裕光的微信。

"哇……不可思议！"明丽摇头。

"真的！上帝不公平，男人就是老得比较慢！"

"这是他小孩吗？"明丽指着照片。

"两个！"

"他动作好快！"

"是我们动作太慢了！不过快慢没关系，人对最重要！"

"你怎么知道一个人是对的？"

"看他能不能改变我最坏的一面。"

"怎么说？"

"过去的生活中只有自己和公司，觉得无所不能。认识他之后，发现自己什么都不懂，错过好多风景。"

明丽懂春芸的意思，但看到女强人软化，仍忍不住调侃："他在学校教什么？城市景观吗？"

"他教地球科学。"春芸指着天空，"他还用我的名字命名了一颗小行星。"

"你以前对这种事应该都嗤之以鼻吧！"

"爱情让我变得谦卑。"春芸说，"你应该试试。"

"要谦卑不必谈恋爱，在鼎泰丰排队就好了。"

"你来当我的伴娘，保证不必排队。"

"好吧。"明丽微笑，"但我有一个请求。"

"用你的名字命名一颗小行星？"

"不要拱我去接捧花。"

"你不喜欢？"

"那是资深单身女子，最讨厌的一个仪式。"

星期五晚上到了高雄，明丽从高铁站直接到饭店彩排。在后台，明丽和其他四位伴娘都换上了粉红色细肩带的礼服。

其他四位都是春芸的员工，明丽并不认识。

她们换上礼服后忙着自拍，明丽换上礼服后忙着检查可能穿帮的地带。

她们自拍后立刻上传微信，明丽换完衣服后坐在一旁看书。

年纪的差距，不需要身份证来说明。

书看得无聊了，她走到会场。时间晚了，会场的灯都关了。明丽晃到最后一桌坐下，远远看着春芸。春芸拉着婚纱，在舞台上跑来跑去，干练地跟饭店人员检查灯光音响，仿佛身上只是T-shirt。

春芸弹指，现场放出一首歌，荧幕打出结婚照。

明丽没听过这首歌，但立刻爱上了旋律。她只隐约听懂副歌中的一句："紧握着你的手，再也不会一个人走。"

她拿出手机查，是一位叫"贾立怡"唱的"*Love is Most Beautiful*"。

她滑动手机，读着歌词。她上网搜寻"贾立怡"，一位香港歌手。

她和明丽同年。

明丽立刻觉得亲切，把贾立怡的维基百科存在手机。

彩排结束，伴郎伴娘们散了。春芸特别来招呼明丽，两人在舞台边坐下。春芸脱下高跟鞋，自己按摩着脚。

"好玩吗？"春芸问。

"这饭店真好，你布置得更漂亮！我结婚时，也要找你布置。"

"不要让我等太久啊！"

第二天中午，每位宾客进场时，都得到一枚红色心形胸章。就座后，现场灯光变暗，才发现红心胸章是荧光的，众人"心心"相印。

音乐响，伴娘和伴郎先入场。这不是明丽第一次当伴娘，但走上红毯仍令她紧张。仿佛地毯发烫，而她是一只迷路的羊。

伴娘和伴郎们在舞台站定后，明丽看着春芸和老公走进来。

三十六岁的女强人，五十岁的男教授，都是第一次结婚。这两人要遇见、相爱、结婚，多么不容易！

明丽的眼泪本来就撑不住了，然后音响放出了昨晚那首歌：

　　紧握着你的手，再也不会一个人走

　　这是我的感受，莫名的感动，却说不出口

　　当你亲吻我的时候，眼泪不停在流

　　幸福都被看透，这世界 *Love is most beautiful*

简单的歌词，却轻易地把明丽击垮……

春芸讲话时谢谢大家，特别提到明丽。

"陈明丽我爱你!"宾客中有人站起来吆喝。

"林裕光你已婚了,给我坐下!"春芸呵斥。

"那你要'坐我旁边'!"

小学同学都笑了出来。

送完宾客,春芸到休息室来谢谢伴娘。她一一拥抱大家,明丽是最后一个。她看着明丽,露出惊讶的表情:"你的'心'怎么不见了?"

明丽低头,那个红心胸章不见了!

"我把'心'给弄掉了……"明丽皱起眉,"对不起……"

"没关系,"春芸说,"我相信有一个人,会捡到你的心!"

4

明丽没有找到自己的"心",但春芸把捧花私下送给了她。

坐高铁回台北,她把捧花放在大腿上。精致的花束,盖住牛仔裤膝盖的洞。

仙女下凡了,发现这世界不像婚礼现场那么浪漫。旁边睡着的乘客把鞋子脱掉,露出棕色的袜子。手臂大刺刺伸到她这边,她用力顶回去。

她看窗外快速闪过的风景。高铁时速二百五十公里,时间跑得更快。昨天才星期一,怎么就到周末了!

她拿出手机,没有讯息。只有群组中,不熟的人的贴图。

她看到贾立怡的维基百科，点开：贾立怡也结婚了！

她想打给南西，但她周末跟男友出国了。

她看着手机上的几串对话，看到阿川。

"有个女友，在台湾。你呢？你有男友吗？"

这是他们上次对话的最后一句，她没有回。

她摸着大腿上的捧花，自问：她有没有时间、心情，在三十六岁，去认识单纯的异性朋友？

她闭上眼，听高铁快速向前的声音。

睁开眼时，乘客都走光了，清洁人员在整理座位。她站起来，最后一个下车。

最近，常睡过头。

走出车站，看着忠孝西路的街景。初春的空气有些冷冽，但很清凉，她猛吸了一口气……

今晚要让自己过得很好，不辜负这样的好天气。

去健身房吧！

当初是南西揪她办了健身房会员。她刷卡时，计算一个礼拜能去两次就回本了。做瑜伽、踩飞轮，做南西推荐的 TRX，把线条练出来。

结果……她两个月去不到一次。

但关键时刻，健身房是避风港。这里是少数，一个人去不会尴尬的地方。

没带衣服怎么办？

回家就懒得出来了。于是她在忠孝西路的运动用品店买了新鞋、T-shirt、短裤。这些家里都有，她不该这么浪费的……

管他的！今晚就纵容自己一下。

看表，七点多了，她应该先吃饭的，没吃饭怎么跑步……

管他的！中午婚宴的大餐，可以撑三天。

走进健身房，星期六晚上没课程，她只能自己跑步……

管他的！自己跑更轻松。

太久没跑，跑了半小时就瘫了，但跑步机设定的运动时间还有十分钟……

管他的！她拉起紧急开关，停止跑步机。

她在健身房绕着圈子走，清楚地听到自己的心跳。她从来没有，这么接近心脏。

她把水壶放在饮水器下装水，饮水器上嵌着的大水桶打了个嗝儿，水泡慢慢上升。一种疲惫的幸福感，跟着在心中冒起。

她走进淋浴间，水串急速下降。她刻意转换着冷水和热水，让自己的肌肉在颤抖和顺从间摆荡。水串像窗帘，她在窗帘间睁开眼睛。她看着自己的脚，水沿着突出的筋络，流到地上。

她吹着头发，吹风机的声音，淹没了四周的静默。

她擦了乳液，感觉自己脸颊的纹理。

"陈小姐，保管箱的钥匙？"她离开前，工作人员叫住她。

"喔……"她笑笑，把手腕上的钥匙归还。

那是那个星期六晚上，她有的唯一一段对话。

她拿着捧花离开健身房，走进地铁站。一名男子转头看她，她对他微笑，他却立刻把目光闪开。

地铁，很快地向前冲，跟下午的高铁一样。

但她和她的心情，都在地铁中，稳稳地站着。

不安，被速度抚平。寂寞，被汗水冲掉。一个人的星期六晚上，她也可以过得很好。

5

星期一是银行定期的安全检查，她又要巡视大家的办公桌。

九点半，又有全公司风险部门的会议。

金融机构中防弊的单位，除了明丽的"风险控管"，还有"稽核"。明丽的公司又成立了另一个单位，针对"稽核"部门的工作成果再做确认。

应付这些人很累，中午回到座位，她瘫了。呆滞地在电脑前玩游戏，连下去吃饭都懒。

这时，手机对她眨眼。

"上次说要一起去旅行，还记得吗？"

是牙医世杰。

那天跟阿川一起在民生社区吃饭时，世杰问了这句话，她没当真。男人常发出这种虎头蛇尾的邀请，有时是试探，有时是敷衍，你若当真，就输了。

她没当真的另一个原因，是她实在搞不清楚世杰的意图。

他想追她吗？若想，带阿川来是什么意思？若不想，干吗约她去旅行？

或者，他对她的兴趣，仅止于做个旅伴。

这是赞美，还是侮辱？

男人拐弯抹角，她觉得很烦，一次搞清楚吧。

"有什么具体想法？"明丽问。

"曼谷一周？"

明丽笑了出来。曼谷？好大的志向！

她虽动心，但现实人生没这么惬意。我只是打工仔，没有说走就走、立地成佛的本钱。

"一周不行，一个周末还可以。"她回复。

"那周末去花莲？"

"花莲 OK！"

今天是银行定期的安全检查，她看同事有没有违规。

今天也是她感情的定期安全检查，她看自己有没有违规。

"好，我来安排。找个周五晚上出发？"

"周五有时要加班，周六吧。"

她一直忙到下午，压力一路传到脚底。她在桌下脱掉高跟鞋，但脚趾还是像钩子般紧绷。

老板走到她座位，她来不及穿鞋。

"这几个数字要跟上一季比较一下。"老板说。

老板跟她说话，她通常会站起来。但没穿鞋子，只好紧贴椅背，把鞋子往里面踢。

"你还好吧？"老板问，"看起来怪怪的。"

　　"很好啊！"她挤出风干的笑容。

　　他走时撂下一句："地毯细菌很多喔……"

　　她三条线。

　　世杰不是那天下午唯一邀她的。下班前收到一张图，标题是："图解抹茶蛋糕做法"。

　　是广告吧？

　　"我当初是看这杂志学的，把这一页扫描给你，有图有真相。"

　　是阿川。

　　她把高跟鞋穿上，整理东西准备下班。她回复：

　　"其实，台北好吃的蛋糕那么多，不需要自己做蛋糕。"

　　"你都吃哪一家？下个周末我回台湾，一起去尝尝？"

　　明丽关了电脑，拿起包包，走进电梯，走出电梯，走向大厅，走出大楼，拿出手机：

　　"回来跟我联络。"

　　进地铁站前，手机又响了。她以为是阿川。

　　"我订好火车票了！下周六一早去花莲，礼拜天下午回。"

　　结果是世杰。

　　两个人撞期了。

　　该不会世杰又安排了三人行吧？

　　走进地铁站，走下月台，走进车厢。

　　花莲这么美，值得全心对待。其他这些"技术问题"，她懒得管了。

　　"雪梨歌剧院"，暂时休馆。

　　所有情节，花莲现场演出。

JULY

七
月

1

南西去巴黎玩了一趟，回来后时差严重，星期六一大早打来，明丽被吵醒。

"要不要去跑步？"

"几点啦？"

"六点五分。"

"很烂耶，这么早打来！"

"我已经等了半小时，我五点半就想打了。"

"昨天加班，两点才睡。晚一点再说好不好？"

"好啊！"南西随和地说，"那你先帮我开门，我在楼下。"

"你在楼下？"

明丽像用起重机一样，把自己撑起。

光线从窗帘的裙角淹进客厅，她拉开窗帘，眼仍闭着。她按了对讲机的钮，楼下的门打开。她打开门，站在门内等。她听见楼梯间的脚步声，迅速急促。然后南西出现在门缝间……

她判若两人。

上次见到南西，是在公司附近吃午饭。她训诫明丽别理北京大叔，姿态像智慧的女王。

而在这凌晨六点的楼梯间，她像只惊吓的兔子。穿着宽松的运动衣裤，戴着眼镜，眼睛的血丝攀上镜框。

她不像女王，而像一个被送错机场、随意乱扔的行李箱。

明丽立刻醒了，口中涌上酸液。

"你怎么了？"

"我跟他分了！"

明丽赶快让她进来，关上门，像庇护一个被追杀的小孩。

明丽拉起客厅的窗帘，牵南西快速走回卧房。生怕客厅的阳光割伤南西。

她们逃进冷气房，钻进被窝，把被子拉到鼻子。

"发生什么事？"

"我们在巴黎的饭店。他去洗澡，手机在外套口袋里一直响。我平常不会去看他手机，但手机响得急，我怕是台北有急事，拿出来瞄了一眼，来电是一个叫'S'的人……"

明丽点头。

"我没听他提过'S'这个人，当然好奇，狂 call 停了后，短信声响起，写着：'你在哪儿？'我好奇，谁用这种口气跟他说话。"

"你一好奇就完了……"

"然后我打开他手机——"

"你有他密码？"

"他在我面前开过手机，我瞄到过。"

"哇……"明丽的口气是赞叹，也是遗憾。

"你不怕他走出来看到你在看他手机？"

"所以要快，进入手机后直接看照片。"

"你真狠！"

"然后就被我看到了……"

"什么？"

"很恶心的自拍。"

明丽把南西抱进怀里。

窗帘外的天更亮，窗帘内的房却更黑。

几分钟两个人都没说话，然后南西说："真正伤的不是那些照片本身……"

"是什么？"

"是他跟我也拍过那些照片，同样的姿势，同样的角度。"

"别说了……别说了……"

"唯一不同的是……"

"别说了……"

"我和他拍的时候，还没有自拍神器……"

"自拍神器"四个字，南西说得很吃力，好像那是法语。

明丽抱住南西，把棉被包紧。

"我问他多久了。"南西坚持继续说。

"这有什么好问的。"

"我要知道。"

"知道又怎样？他们在一起很久，还是很短，你会比较不难过？"

"我有权知道。"

明丽没有答腔。你怎么会有权知道？是你一开始就坚持，你和他只是玩玩。如果只是玩玩，没有人有任何权利。

"他说他们上个月才认识。"

"你相信？"

"当然不信。"

"那你还问干吗？"

"我要看他撒谎的表情。"

"巴黎有那么多艺术品，你要看他撒谎的表情？"

"我知道至少有三个月。"

"你怎么知道？"

"我想起三个月前有一次我到他家，在他浴室剪脚指甲。我坐在浴缸上，把浴室的垃圾桶拉过来，打开，脚踩上去剪。剪着剪着，看到垃圾桶里有一个保险套的包装。"

"那不是跟你用的？"

南西摇头。

"我在厕所好久，不知道怎么处理。"

"如果是我的话，我会拿莲蓬头喷他。"

"喷他？我会拿莲蓬头敲他的头。他的莲蓬头是德国的，重得跟枪一样。"

明丽苦笑。

"莲蓬头我拆不下来，只好打开水，希望水声给我一点灵感，让我知道接下来怎么做。"

"结果呢？"

"我什么都没做。"

"你没问他？"

"我想看他，接下来要怎么玩。"

"天啊！"明丽不想责备，但也无法置信，"你干吗这样折磨自己！"

南西的表情僵硬而扭曲。

"所以你假装什么事都没发生，从浴室又走回他床上？"

"我把指甲刀丢在垃圾桶里、保险套包装纸旁边。"

"这是什么意思？"

"他如果翻垃圾桶，会知道我已经看到了保险套。"

"他会去翻吗？"

"我不知道。他没跟我提过。"

"然后呢？"

"然后所有的老戏码都上演了，迟到，临时取消，手机关机，号称感冒了不能见面，在餐厅吃饭吃到一半拿着手机去洗手间……"

"那你没有拆穿他？"

"拆穿他就没戏看了。"

"然后你还跟他在一起，甚至去巴黎。"

"他招待我坐公务舱，我干吗不去？"

"可是两个位子，坐了三个人。"

"你确定只有三个人吗？"

那口气是怨恨、自嘲，还是绝望，明丽分不清。

"不过……"南西说。

"不过什么？"

"公务舱的东西，是用瓷盘装的，感觉就真的比较好吃耶！"

两人的笑，从纠结的表情中挤出来。眼角的泪水，被鱼尾纹苦撑着。

明丽抱着南西，想转移话题："你这件内衣好漂亮，哪里买的？"

"贵死了，三千块！"

"是防弹的吗？"

南西笑了出来。明丽知道，并不防弹。此时的南西，已被子弹打得千疮百孔。

明丽抱紧南西，久久不说话。

然后南西转过头，亲吻她。

先是脸颊，然后是嘴。

明丽没有反抗，她转过头，朝南西的方向，顺势吻回去。仿佛她们是老夫老妻，这是她们周末赖床时的例行公事。

然后南西停了下来，明丽也抿抿嘴，没有继续。

她只是把南西，抱得更紧。

2

她们就这样抱着睡着了。眼泪，是最好的安眠药。

南西醒来，看手机，下午四点了。

手机电力满格，荧幕却一片空白，没有讯息，没有未接来电，仿佛她的号码并不存在。

她的手机是块墓碑，独自矗立在荒山野地。

明丽还在睡。她起来，走进浴室。

白色地砖上有脏印子，踩脚布是灰的，明丽的内衣，从洗衣篮里满出来。

她坐在马桶上，看到发丝散落在地砖。像显微镜下，一条条的蛔虫。

她冲了马桶，打开水龙头洗手。看到残余的牙膏，凝固在洗手台。

她洗了澡，洗了头，吹了头。

她站上磅秤，天啊！她胖了两公斤！

失恋怎么还会发胖！

出来时，明丽还没醒。

因为窗帘拉起，下午四点半的卧房墙壁，仍然瘀青。

她坐在床上，看着手机，和半小时前没有不同。

她突然慌张，这就是单身女子的生活？

她摇明丽，明丽没反应。她用力摇。

"怎么啦?"

"起床了!"

"几点了?"

"五点了。"

"再睡一下,八点半才上班。"

"下午五点了!"

明丽睁开眼,恍然大悟:"今天礼拜六嘛!"

"也该起来了!"南西继续摇。

明丽坐起来:"你还好吧?"

"还好。但头发不好。你洗发精怎么有肉桂味啊?从来没听过那牌子。"

"那是药房送的赠品。"明丽又倒回床上。

"我们去 shopping,买真正的洗发精。"

明丽意兴阑珊地躺在床上:"那是真正的洗发精啊,我还有檀香和仙草味道的赠品没用耶!"

"你那么省干吗?要不要请个打扫阿姨?"

"我就是打扫阿姨啊!"明丽揉揉眼睛,"技术不行,年纪很接近。"

"我们去跑步吧!睡了一整天!"

南西拖着明丽出门,挥手招计程车。

"你不是要运动,干吗还坐计程车?"

"坐车到大安森林公园再开始运动。"

到了大安森林公园,天色渐暗,她们沿着环绕公园的步道跑，才一圈，两人就东倒西歪。明丽激励南西："继续跑，不要偷懒啊！"

"不行，我要休息了。"

两人从慢跑到快走，从快走到散步。走到新生南路那边，迎面跑来一位帅哥。短袖短裤，肌肉线条分明。两人故作镇定，向两边让开，让他从两人中间跑过，然后很有默契地同时回头看他屁股……

"极——品——"两人嘴巴张大，无声地赞叹！

"好像费德勒喔！"明丽说。

"要不要去追？"南西问。

"哪追得上？不过跑道是圆圈，我们继续向前走，待会儿自然还会再碰到。"

"没带粉饼，可恨！"

"不过这也可能是他的最后一圈，搞不好他跑完这一圈就闪人了！"

"那也好，越看越心痛。"

"痛什么？"

"你觉得我们两个有一天会跟那么优的男人在一起吗？"

"帅不一定优喔！"

"不帅也未必优！既然都不优，那我宁愿要帅的。"

她们果然没再看到那帅哥。但为了找他又走了两圈，有运动到。

离开公园时，南西的额头汗滴聚集，每一滴中都有烦恼。

"你这样好！"明丽说，"把毒素都逼出来了！"

"怎么逼得干净！"

"治本之道是远离污染源！"

"治本之道是多运动！"南西说，"听说肺很久不用，会纤维化。"

"如果太久没用的器官会纤维化，我担心的，倒不是我的肺耶！"

她们在夜空下爆笑出来，像烟火般把大安森林公园照亮。

爱情是一个花丛，四周环绕着圆形步道。她们在绕圈圈，那些男人也在绕圈圈。有时短暂交会，交会时彼此都在打量对方，却不会自我介绍。

慢慢地，有人离开了。因为天黑了，因为时候不早了。渐渐地，这不断循环的步道，人越来越少……

3

她们没跑几步，却大大奖励了自己。吃大餐时，南西把手机放在比刀叉更近的位置。

"你还在等他打来？"明丽问。

"他早就打了，我没接。"

"那你还等什么？"

"我没等啊！"

"假如他再打来，不，假如他现在出现在这里，你会跟他说话吗？"

"不会。"

"那就把电话收起来。"

"但我希望他出现在这里。"

"为什么？"

"表示他愧疚。"

"他愧疚会让你好过一些？"

"不会！但他愧疚会让他难过一些。我需要这个！"

明丽欲言又止。

她想说："不，你不需要。你不需要让自己的心情，取决于一个烂男人的愧疚感。你不需要把自己的心，像大衣一样悬挂在男人的回复上。我们也许配不上费德勒，但也不需要委屈黏着一个这样糟蹋女人的男人。"

但她没说。她们是朋友，朋友之间不讲大道理。

"下个周末跟我去花莲？"明丽转变话题。

"花莲？"

"世杰约我去。"

"谁是世杰？"

"那个牙医。"

"去多久？"

"星期六、日。"

"过夜耶！"

"一起去？"

"他约你，我去多尴尬！"

"他每次约我，也都带第三者。"

"你要报复他？"

"讲报复太严重了，我跟他还没深入到我想对他报复的程度。"

"搞不好他就是想借这一次跟你变深入。"

"那刚好，你帮我鉴定。"

南西犹豫。

"我可以招待你坐'公务舱'喔！"

"去花莲的火车有'公务舱'？"

"有我的地方，就是'公务舱'。"

"什么时候变得这么有自信？"

"我没有自信。但跟现在的你比起来，还算可以。"

过去用这种口气说话的是南西。两人的气势，被一个烂男人翻转了。

"自信，有时会让人看不清。"南西说。

"花莲山明水秀，能见度很高。"

"好，我们去花莲！"

4

去花莲的火车，早上七点二十出发。她和南西约在车站一楼大厅先见面。南西迟迟没出现，明丽打了几通电话没人接。她一边走向月台，一边继续打……

南西终于接起，她还没睡醒，只说一句："我不能去了！"

"为什么？"

"我跟他在一起……"

明丽吃惊，一时不知该说些什么。然后深呼吸，破口大骂："那你为什么不早说！"

她用力按下电话。

她讨厌手机，不能像传统电话一样摔下。

她在台北车站大厅，呆站了一分钟。

南西没有回拨给她。

明丽知道，自己的反应如此激烈，不是因为南西不去花莲，而是因为她跟他复合。

你难道忘了那些照片？那个保险套？那些迟到、临时取消、手机关机、号称感冒了不能见面，在餐厅吃饭吃到一半拿着手机去洗手间？

你难道忘了那自拍神器，怎样像剑一样刺你的心？

你就这么贱吗！

为什么我们女人，总是这么轻易地原谅烂男人？

她似乎对那个烂男人，有着情敌似的仇恨。

她走到女厕整理一下仪容，然后慢慢走到地下一楼，世杰远远地在检票口跟她挥手。

"哇，好准时喔！"世杰说，"你朋友嘞？"

"她临时有事不能来了！"明丽轻描淡写。

"可惜！"

"那你朋友嘞？"明丽模仿他的口气。

"我？"世杰说，"我没有带别人啊！"他笑笑，"你就是我朋友。"

这会不会是另一个，将来她摆脱不了的烂男人？

他们上车，往花莲去。过了板桥，传言一票难求的普悠玛号，仍有很多空位。

"听说都被旅行社包了，最后卖不完，剩这么多空位。"世杰说。

"最烂了！占着茅坑不拉屎。"

这是在骂谁？

"别乱骂，我也是跟旅行社买的！"

"那你就是助纣为虐了！"

"'助纣为虐'！我二十年没听过这句成语了！"

是啊，但女人帮男人折磨自己的戏码，却天天上映，这不也是一种"助纣为虐"？

火车开始经过隧道，车厢忽明忽暗。明丽的心情，一直留在隧道中。

"谁惹你了？"世杰问。

"如果你女友背叛你，回头要求你原谅，你会跟她复合吗？"

"那要看情形。"

"看什么情形？"

"看她有多辣。"

明丽瞪他一眼。

"开玩笑的啦！"世杰说。

"不讲了啦！"明丽更气了。

"我交过这样的女友，我跟她复合了。"

明丽虽气，但听进了这句话。她一直怀疑世杰是同志，第一次听他说他交过女友。

"为什么？你不在意她跟别人那一段吗？"

"我当然在意，谁会不在意呢？但已经爱上了啊？怎么办？"

"斩断啊！"

"哪那么容易？你斩得断吗？你以为这是蛀牙，抽了神经就没事了？"

明丽没有回答，她看着窗外飞过的稻田，想起她和阿成。

"她在门外哭哭啼啼地敲门，你能不开吗？你们在一起的快乐那么真，你丢得掉吗？这就像吸毒，理智上你知道你该戒，但实际上……"

"那后来呢？你们还在一起？"

"后来还是分了。"

"那你怎么戒的？"

"我没戒，是她把我戒了。"

"为什么？"

"我不知道。她从来没说。"

"一定很痛。"

"还好，我看了一个月的佛教电视台，慢慢就平复了。"

明丽笑出来。

"这样就平复了？"

"当然没那么容易。我还把我家所有的锅子，用小苏打粉刷一遍。"

"这有效？"

"还有，去了花莲一趟。"

"花莲？"

"去听证严法师演讲。"

"是喔？"

"很有疗愈效果。你要不要去？"

"我的问题层次太低，不需要麻烦到证严法师。"明丽说，"如果待会儿到了花莲，这个曾经背叛你的女人突然打电话给你，说要跟你见一面，你会抛下我去跟她见面吗？"

"当然会！"

好歹你也装个样子犹豫一下吧！

"因为她把我的车开走了，一直没还我！"

明丽想起那晚跟阿川吃饭，世杰讲到自己的车，一副一言难尽的表情。

"什么叫她把你的车开走了？"

"我的车，我们在一起时她也开。分手时，她就把车开走了。"

"这……不能报警吗？"

世杰摇头笑笑。

"这样也好，你知道她是这种人，才断得干净、彻底死心。"

"哪有？一点都不干净！"

"为什么？"

"她常超速，我到现在还在替她缴罚单！"

明丽笑了。这是她第一次感觉认识世杰。

火车往前，从右边的车窗看出去，有溪、山，和山上的雾气。不知是山，还是世杰，她在车站的怒气，随着雾气慢慢消失。

"待会儿到了花莲，你想去哪儿？"世杰问。他们从来没有讨论过行程。

"我都可以。你应该有安排吧？"

"我有安排，也有弹性。你想玩文的还是武的？"

"文的是什么？"

"逛逛市区的书店啦，文创园区啦……"

"武的呢？"

"锥麓古道啦，砂卡礑步道啦……"

"文的！"

"这么坚定？"

"爬山要晒太阳！你有看过喜欢晒太阳的女生吗？"

"还真没有！但我以为你跟别的女生不一样。"

"我跟别的女生完全一样，而且也以此为荣。"

"你难道不想看看海岸山脉？"

"坐在火车上看就好了啊！"

世杰笑。

"你笑什么?"

"女人是奇怪的动物。怀孕、生小孩、上班、创业,你们什么都不怕,但怕晒太阳。"

"当然喔!怀孕,十个月而已。生小孩,几个小时的事。上班,大不了我不干了。创业,失败了重来。但一旦晒黑了,就终生遗憾啊!"

"你的风险控管,真做到家了!"

"哪有……"明丽放慢速度,"我如果风险控管做到家,怎么会坐在这里跟你去花莲!"

5

到了花莲,阳光很烈,明丽戴起帽子和墨镜。

"等我一下,去上个厕所。"明丽说。

"东西给我。"世杰利落地说。

他们租了一辆车,先到饭店 check in。世杰选了一个市区的旅馆。灰色的五层楼建筑,每个房间都有窗户,黑色的窗框搭配白色的纱帘,窗外放着盆栽。很有巴黎老公寓的味道。

他订了两间单人房。他们各自放下行李。

"第一站想去哪儿?"

"不要爬山都好。"

"那去看海吧!"

　　他们租了车，沿着台9线往北开，明丽看着左边的山和雾，一语不发。花莲的山，永远在做Spa。

　　世杰转头看她，自顾自地笑起来。

　　"笑什么？"明丽问。

　　"你是少数不会一直问'还有多久才到啊'的女生。"

　　"你载过很多女生来这儿吗？"

　　"这条路线你是唯一。"

　　"该不会是去太鲁阁吧？"

　　"你放心，太鲁阁人人都知道，我要带你去的地方只有我们知道。"

　　"'还有多久才到啊？'"明丽故意问。

　　开了二十分钟，他们右转进入一个小道。走了三分钟，就看到海了。

　　"听过'定置渔场'吗？"世杰问。

　　明丽摇头。

　　他们把车停好，向海滩走去。左边是围绕在雾中的山，右边是浪花镶边的海，岸上一位老人在钓鱼，明丽说："这称不上是渔场吧？"

　　"等一下……"

　　半小时后，一辆挖掘机开向海边，后面跟着五名穿着雨裤的男子。五名男子把岸边的橡皮艇抬起，挖掘机把它吊起来，移到海水上。一名男子跳上橡皮艇，另外四名抬着橡皮艇两侧，随着潮汐的节奏，把橡皮艇丢进海中。橡皮艇慢慢向海中开去……

"'定置渔业'是当年日本人引进的。是指在沿岸设置陷阱，也就是渔网，当鱼群经过时，一网打尽。"

明丽点头。

"如果我们愿意等，待会儿橡皮艇回来，我们就可以买到最新鲜的鱼！"

"买到最新鲜的鱼要怎么料理？"

"带回旅馆吃生鱼片。"

"你有厨具？"

"别忘了，我是牙医。"

推船的四名男子在沙滩上坐下，明丽和世杰跟着坐下。独钓的老人毫无斩获，不断重甩着钓竿。天空飘起了小雨。

世杰看着明丽的脸，雨水把她额前的头发打乱。但她仍看着前方，没有退意。

"算了，走吧。"硬撑了十分钟，世杰站起来。

"不等了吗？"

"下雨了，感冒了麻烦。"

"淋雨还好啦，不要晒太阳就好。"

"哈哈，晒黑很麻烦，秃头更难看喔！"

6

因为淋了雨，回到市区的第一件事，是去洗头。

　　他们经过一家家庭式美容院，明丽叫："好可爱喔！我小时候都跟我妈去这样的美容院。"

　　"进去吧。"世杰说。

　　"那你呢？"

　　"坐在旁边等啊！"

　　"那怎么好意思？"

　　"没关系，我小时候就是这样等我妈。"

　　"好儿子！乖！"

　　明丽坐在椅子上，老板娘帮她按摩头部。她透过面前的大镜子看到后方沙发上的世杰，他没有滑手机，而是跷着腿、撑着下巴，带着微笑看着她，仿佛她是博物馆的一幅画。

　　"我觉得你剪短发一定很好看！"隔着洗头阿姨，世杰说。

　　"我以前留短发。"

　　"那现在为什么留长？"

　　"长发可以瘦脸啊！"

　　吹完头，明丽问多少钱。世杰立刻拿出钱包，帮她付了。

　　"你干吗帮我付？"

　　"就算我请你洗头吧。有人请你洗过头吗？"

　　"有人'帮'我洗过头，但'请'我洗头还是第一次。"

　　"我喜欢当第一个。"

　　"这样啊……"明丽逗，"还没有人帮我买过房子耶！"

　　"这样啊……"世杰配合，"晚上回旅馆玩'大富翁'。"

　　他们逛了几家咖啡厅、二手书店。一起进去，一起出来。在店内时，各走各的。要离开时，使个眼神。

走出书店，走在花莲的小街。

"你买了什么书？"世杰问。

明丽让世杰看封面："《台北美食淘》，介绍台北的老字号餐厅。"

"那你看了什么书？"明丽问。

"我刚才都在看你。"

7

他们到花莲文创园区晚餐。这里原本是日治时代的花莲酒厂，门口的老宅改成餐厅，后方一栋栋的仓库改成文创市集。只有仓库外的磨石子洗手池，还保留着旧时的样子。

"在酒厂吃饭，当然要喝酒。"没等明丽回应，世杰就请服务员开酒。

"你尽兴，我喝咖啡陪你。"

"怎么这么放不开？"

"不是放不开。我最近大醉一场，不能再喝了。"

"你一口，我两口，这样公平吗？"

明丽没有应战，世杰也没有进逼。他们轻松地吃着晚餐，聊彼此的工作和生活，意外发现牙医和风险控管的共同点：预防胜于治疗。

　　世杰的酒量也不好，那瓶酒倒了几杯后，就没发挥的余地了。结账时，世杰塞回木塞："回旅馆喝吧！"

　　他们到后面的园区逛，世杰拿着酒瓶，明丽带头走进仓库里的文创商店。

　　"好文青的店喔！"明丽说。

　　"差一只猫，就文青百分百了！"

　　"你看！这好可爱！"明丽转过头，跟身后的世杰挥手。

　　"小笼包？"

　　"是做成小笼包形状的肥皂！"

　　那肥皂的大小、颜色、皱褶，就像小笼包。

　　"我最喜欢吃小笼包了！"世杰买了两个，"一人一个！"

　　他们继续走下去，明丽走进一家木制品的店面。

　　"你看！"

　　"这回是葱油饼吗？"

　　明丽拿起桌上的商品："你喜欢吗？"

　　"卫生纸盒？"

　　"你看它侧面的木板上有个洞，而且洞还做成树的形状，这样你就可以看到里面还剩几张卫生纸，不够时可以补充。"

　　世杰皱眉："用完不就知道用完了？干吗要事先知道快要用完了？"

　　"万一用完时你刚好坐在马桶上怎么办？"

　　"裤子穿上出去拿。"

　　"太不优雅了！"

"没必要！我诊所里给病人用的卫生纸，都是直接一包放在台面。"

"你很没情调耶！"

"我有情调啊！"世杰摇摇手中的酒瓶，"只不过不是在卫生纸上。"

似乎被世杰影响，明丽把原本想买的卫生纸盒放下。

"讲究情调？我们回饭店喝酒。"

他们回到饭店，一楼的餐厅刚才办了活动，门口放着好几盆庆贺的花盆。

"等我一下！"世杰说。

他摘下了一朵。

"那不能摘啦！"明丽打他。

"我可是用拔牙的精准，没人会注意到……"世杰说，"来，这朵送你！"

明丽收下花："你醉了，快回去睡吧。"

他们各自回到房间。明丽梳洗完后，有人敲门。她打开，世杰拿着酒瓶站在门口。

"我借来两个酒杯。"

"这种时候，我只用漱口杯。"

"那我教你正确的刷牙方法。"

明丽笑，让他进来。

这是"定置渔场"吗？

世杰把酒放在桌上，明丽坐上床，一秒钟的沉默，房间急速地缩小。

"你要先洗澡吗？"世杰问。

"我洗过了，也漱过口了。"

世杰赞许地点头。明丽说："我有用牙线喔！"

"牙间刷有没有用？"

"牙线就好了吧！"

"还是要用牙间刷。"

世杰在床边的地毯坐下，把红酒和酒杯放在脚旁。

明丽坐上床边的沙发，盘起腿。

"哇，你腿好柔软。"世杰赞叹。

"我有练瑜伽。"

"那你可以把腿放到头上吗？"世杰问。

"头上不行，地上可以吗？"她开玩笑，顺势把腿放到地上。

然后世杰爬过来，摸着她的右脚。

"喂！"明丽叫住他，不是鼓励，也不是制止。

"高跟鞋穿多了？"世杰摸着她后脚跟的创口贴。

"行万里路，胜读万卷书。"

"我也二十年没听过这句成语了！你很喜欢用成语耶！"

"我不喜欢用成语，但我身边的事，都被成语说中。"

"那这件事成语怎么说？"世杰站起来亲吻她。

"这件事……"她没有立即抵抗，"叫'酗酒闹事'。"

"不能说是：'劝君更尽一杯酒，西出阳关无故人'吗？"

她轻轻把他推开，给他台阶下："你醉了，我不占你便宜。"

"但我想占你便宜。"

"你不认识我，我很凶的。"

"再顽强的牙我都拔过。"

他扶她站起来，开始抚摸她的胸部，她感受到他身体的变化。

"这……这是……"

世杰从裤子口袋拿出东西："我没这么强。这是刚才买的小笼包肥皂！"

两人爆笑。

他抱住她，想再吻她，明丽轻轻挣脱。

"我们应该'植牙'，不是'拔牙'。"

"先'拔'，才能'植'啊。"

"我今天没带保险卡。"

她亲了他的脸颊，然后走到门口，打开门。

世杰点头微笑。他转过身，走到门口，明丽给他一个拥抱。

"明天一起吃早餐？"明丽问。

"明天一起吃早餐。"

8

明丽醒来时，拿起手机，世杰留了短信：

"我出去走走，醒来时 call 我，一起吃早饭。"

这则短信并不意外，意外的是下一则：

"我从北京回来了，有空见个面？"

是阿川。

她捡起地上的酒瓶和酒杯，在白天的阳光下，红酒看起来不再那么诱人。

她和世杰吃早餐时，两人很有默契，都没有提起昨晚的事。世杰给明丽看早上出去逛街的照片，明丽兴高采烈地给评语。

"想不想去铁道博物馆走走？"世杰问。

"好啊！"

他们走到花莲铁道文化园区，一进去就是伟人雕像，四面青草，两旁老屋，像一所小学。

她和世杰各走各的。园区展示的是怀旧的车站小物，像是没有拨号键的转盘电话，车厢内给乘客使用的玻璃茶杯，工作人员戴的臂章，还有旅客留言黑板。

"你可以想象当年那块黑板，帮助多少人找到彼此吗？"世杰走到明丽身后。

"你又没那么老，怎么知道？"

"我小时候用过那种黑板。我妈说下班后要来接我，我到车站后看不到她。等了半天，我就在留言板写：妈，我自己先回家了。"

"你妈看到了吗？"

"她看到了，但回来后叫我要把字练一练。"

"什么意思？"

"她说我字太丑了，写在火车站的黑板上很丢脸！"

明丽笑了。世杰又变回那个阳光、幽默的男人。

回家的火车上，他们没有多聊。上车一摇晃，世杰就睡着了。前座是两对年轻夫妇，各自抱着婴儿。明丽看着两颗定时炸弹，等待他们爆发。但那两个 baby 很乖，一直没有哭闹。

她拿出手机，她还没回阿川的短信。

她看着旁边的世杰，熟睡的头一直敲着车窗。她把他的头扶正，他抿抿嘴巴，但没有醒来。

她拿出包包里，昨晚世杰送她的小笼包肥皂。

她握着"小笼包"，自己也睡着了。

9

在台北车站分手时，世杰拥抱了明丽："要不要我送你回去？"

"不用了。"

"晚上有空吗？要不要一起吃饭？"

"改天吧。"

"那你先走，我目送你。"

"还目送嘞，你很老派耶！"

明丽微笑挥别，转过身向地铁站走去。然后她转过身来，走回世杰身边。

"昨晚是真的吗？"

"当然。"

"你好像只有喝了酒之后，才会喜欢我。"

"我是喜欢你，才喝了酒。"

"告诉我你在想什么？"她轻声说。不是质问，而是真正的不解，"我们认识了这么久，你如果喜欢我，为什么两三年才联络一次？约我见面时，却总是带着别人？"

她看着世杰的眼睛。

他的眼睛像一口深邃的井，答案在井底，他自己也找不到。

他只是微笑……

"天啊，你牙齿真完美！"

"要用牙间刷。"他笑着说。

"好，我用牙间刷……"她拍拍他的胸膛，"你想想我的问题。知道答案时，告诉我好吗？"

她拥抱他，然后转头离开……

10

礼拜一上班路上，她回复阿川。

"你待几天？"

"礼拜三走。今晚你有空？"

"礼拜一最忙。明晚好吗？"

"明晚也行。七点好不好？哪里你方便？"

"这礼拜天气都不错，我们去散散步吧。"

他们约在敦化南路和信义路交叉口，敦化南路中间人行道的树下。

她过马路时，看到阿川在树下踱步，她不自觉地加快脚步。

"嘿！"她叫他。

他转过身来："嘿！"他也用同样的话回她。

"不好意思我来晚了，老板抓着我讲事情。"

"没关系，在这树下等满享受的。"

"但等十五分钟也太长了！抱歉抱歉。"

"十五分钟算什么？我等过一天！"

"怎么会等一天？"

"我们只约好日期和地点，没说时间。我在咖啡厅等了二十四小时。"

"哪有咖啡厅开二十四小时？"

"麦当劳啊！"

明丽笑。

"这是给你的。"明丽把手上的塑胶袋给阿川。

他打开："哇，是莲雾耶！"

"在北京应该吃不到。"

"真吃不到！谢谢！"

"这里好找吗？"明丽问。

"我在台北住了三十年，敦化南路还找得到。"

"你在台北住了三十年？你到底几岁啊？"

"你想走敦化南路还是信义路？"

"敦化南路好了，树比较多。"

他们往和平东路的方向走。

"四十八。"他回答。

"什么？"

"四十八岁。"

"你这么老啊？"

"那你呢？"

"我三十六了。但如果你问我妈，她会说四十。"

"虚岁差不多了。"

"你口气很像我妈！"

"我年纪跟她接近，了解她的思维。"

"四十八岁怎么还不结婚？"

"我离婚了。"

"喔，对不起。"

"没关系。那就是人生一个过程。"

"那是怎样的感觉？"

"记得我教你做的抹茶蛋糕吗？"

"要五种原料的那个？"

"蛋、牛奶、色拉油、蜂蜜、黑砂糖。离婚的感觉，就是这些东西全混到一起后，然后手上的锅子滑掉了，原料全部撒到地上。"

"没关系，"明丽安慰，"想吃抹茶蛋糕，外面很多店买得到。"

"现在不吃抹茶蛋糕了。"

"那现在的女友是谁？"

"她是一位空服。"

"空服都很年轻吧？"

阿川点头。

"大老板认识空服，好有创意喔！"

"你讲话很酸喔！要不要改吃素？可以改变酸性体质。"

"我还不到你这个年纪，身体应该还好。"

"'四十岁'也该注意了。"

"你跟空服之间……年龄不是问题？"

"有时候是，生活方式有差别。"

"怎么说？"

"比如说，她晚睡，星期二晚上还想看电影。"

"喔……"明丽意会过来，"你们待会儿要看电影？"

好险，我买的莲雾够两个人吃。

"那你要不要早点过去？"

"没关系，她喜欢看晚场电影，我们都约很晚。"

"她住台北？"

阿川点头。

"长距离 OK 吗？"

"这是另一个问题。"

"那怎么办？"

"她常不在，我常回来。"

"这听起来不是解答，而是另一个问题。"

"哪一对没有问题呢？"

快走到和平东路，前面亮起红灯。明丽说："我不想增加你的问题。她知道你现在跟我散步吗？"

"我有跟她说晚上跟朋友见面。"

"你朋友一定很多，为什么约我？"

他们站在敦化南路和和平东路交叉口，浪漫的林荫大道已经走到尽头。

"我觉得你很特别，我想认识你。"

"我一点都不特别。我比这些办公大楼里的女生，都要平凡。"

"我觉得你特别。女生很少会说自己的名字是名利双收，很少会捧场我的冷笑话，很少点五分熟的牛排，很少会说除了蒸脸，什么都不会烘。"

"其实这样的女生很多，只是你不住在这儿，不认识她们。"

"所以我想认识。"

"认识的目的是？"

"我们为什么认识别人？就是交朋友啊！"

"就是交朋友？"明丽重复了阿川的话，像美国电影里，律师质询证人，证人说出不可置信的答案时，律师会复述一遍。

阿川点头。

"男人和女人能单纯做朋友吗？"明丽问。

"我不知道。要不要试试？"

"你要拿我当白老鼠？"

"我们都是白老鼠。"

"老鼠只能待在洞里喔……"

"我们现在不就走在敦化南路？"

敦化南路走到了尽头，明丽说："前面到基隆路就不美了，我们往回走吧！"

回程路上聊的，都是无伤大雅的话题：北京夏天热不热啊，你最近用什么 APP 啦，台北有什么好吃的新餐厅……

阿川还有约，明丽就主动做结："你们去哪里看电影？"

"就在旁边的梅花戏院。"

"哇，我们满有默契的，刚好都约在敦化南路。"

"不，我们并没有默契。是因为你要约在敦化南路，我才和她约在梅花戏院。"

"啊，不好意思，让你们配合我。"

"没有，我们本来就喜欢梅花戏院。"

"为什么？"

"应该是说'我'本来就喜欢梅花戏院。她喜欢去微风、威秀。"

"你为什么喜欢'梅花'？"

"我年轻时就有的电影院。"

"那你是不是该爱你年轻时就有的女人？"

也许是聊得太自在了，这句话就这样毫无顾忌、顺口而出。

阿川笑："我年轻时你在吗？"

他们又回到信义路，梅花戏院已在身后，他们在绕圈圈。

"赶快去找你女友吧。"

"要不要跟我们一起看？"

"不了，明天还要上班呢！"

"两个小时，还好吧？"阿川力邀。

"不骗你，我很久没进戏院看电影了。两小时，对我是奢侈。"

"你不要客气喔，我跟她说了我跟你见面。"

"你是说了要跟'朋友'见面。"

"有差别吗？"

"对女人来说是有差别的。"

"那至少跟她打个招呼吧。"

他们掉过头，从信义路再向和平东路走去。明丽脑中刻画着女主角的样貌。

"有照片吗？"明丽问。

"马上就看到本人了，看照片干什么？"

"本人和照片，哪个比较漂亮？"

"差不多吧。"

"一定有差别。有些人本人比照片好看，有些人照片比本人好看。"

"哪种人本人比照片好看？"

"年轻人。"

"不对。我就觉得你本人比照片好看。"

"你是说我不再年轻了！"

"姐姐，你'四十'了耶！"

"我知道，我知道。"明丽配合。

"姐别担心，走在我旁边，你永远年轻。"

他们等红绿灯时，阿川跟对街招手。明丽看不到她的脸，只看到一个娇小的身材。

她用"小绿人"的快速步伐过马路，为了看她本人。

虽然明丽没看过照片，但她本人的确比任何照片都好看。

"Penny，这是明丽。明丽，Penny。"

"嗨，你好！"Penny 主动伸出手。

"嗨，Penny！"明丽伸出手和笑容。

"要不要跟我们一起看？"Penny 问。

"你们看吧，我看过了。"明丽说。

"好看吗？"Penny 问。

"不错喔。"

"明丽请我们吃莲雾。"阿川说。

"哇……谢谢！谢谢！刚好我小腿水肿！"

"刚好我血压高。"阿川补上。

"刚好我们公司附近有一家水果行！"

这是最完美的句点。

Penny 从包包里拿出一样东西给明丽："小东西，跟你分享。"

是一个御守，上面写着"可睡斋"。

"好可爱！"明丽笑，"是庙吗？"

"是啊，在静冈县，我刚飞了一趟。"

"怎么会有这么可爱的名字？"

"德川家康住在那儿时，跟和尚们讲话。一个和尚听着听着竟然睡着了！德川家康不但没生气，还觉得他睡相可爱，让他继续睡，说他是'可睡和尚'。后来这座庙就叫作'可睡斋'。"

"太好了！我最能睡了！"明丽说，"我现在就回家试试，看看灵不灵！"

然后明丽挥手道别，走向地铁站。

"我觉得你很特别，我想认识你。"

"认识的目的是？"

"我们为什么认识别人？就是交朋友啊！"

她握着"可睡斋"御守，很高兴，今晚交了两位"朋友"。

AUGUST

八
月

1

一切回到了原点。

台风来了。午后下了一场暴雨，她被困在餐厅。她有伞，试着走了几步，但肩膀全湿，又退回餐厅。湿衣服在冷气间中，变成一块冰凉的酸痛贴布。

她坐在落地窗前，窗面笼罩雾气。她用手去擦出一个拳头大的小洞，看着外面车辆的雨刷，卖力地转动。

她感觉自己的生活变成拳头大的小洞。

她用手把窗面的洞擦得更大。

如果我注定一个人，那至少洞要大一点。

台风夜，八点宣布第二天停班停课。她觉得若有所失。不上班，做什么呢？

她瘫在沙发上，快速用遥控器转台。每台的新闻都一样，不断重复台风动态。

转到政论节目，名嘴们的嘴巴，比台风的暴风圈还强大。

她转去看连续剧，突然间听到手机振动，她抓起手机，才发现振动声是来自于连续剧的情节。

她躺在沙发上睡着了。醒来时看看手机，两点半。

她回到床上，就睡不着了。

窗外的风一阵一阵地呼啸，门外的楼梯间的窗似乎没有关好，劈劈啪啪地响个不停。

朋友们都在干吗呢？她看手机中的群组，今晚出奇安静。

她隐隐看到窗帘外，摇动的树影。她试着用瑜伽课上学的腹式呼吸，鼻吸鼻吐、鼻吸鼻吐……让自己停止摇晃。

台风假后，她迫不及待回去上班。一早到公司，上网看国内外财经媒体。

她看到美国《商业周刊》上的一篇报道：

"根据经济学家 Edward Yardeni 的研究，半数以上的美国人处于单身状态。比 1976 年的 37%，高出甚多。"

她在电脑上标出重点：

"单身者增加对经济的益处是：单身者比较灵活，愿意换工作或创业……"

也许我该换个工作？

她进一步搜寻：

"行政院主计处发表 2013 年妇女婚育调查，15 岁以上女性，总体未婚率 32.55%。25—29 岁，未婚率 79.06%，30—34 岁，未婚率 44.03%。35—39 岁，未婚率 25.23%……"

"未婚原因前三名：尚未遇到合适对象，有经济压力，工作忙碌。"

未婚原因的第一名是"尚未遇到合适对象"，这需要特别去调查吗？

她关闭视窗，准备去开会。十点排了跟"稽核"部门的主管开会。他是明丽十年前的同事，最近刚到他们公司。十年不见，头发白了一半。

时间过得很快，如果在自己身上看不出来，或想视而不见，在别人身上一眼就清楚。别人在我们眼中老的速度，其实跟我们在别人眼中一样。

明丽跟稽核部门简报"风险控管"的流程。主管边听边喝咖啡，努力保持清醒。结束后，他站起来鼓掌，行礼如仪地说："士别三日，你不可同日而语啦！"

明丽说："没有没有，我还是同日而语，没有新把戏。"

"中午要不要一起吃饭？"他微笑。

"嗯……"明丽迟疑，"改天吧，下午还有一些事情要处理。"

"饭总要吃啊！我来公司，你还没帮我接风呢！"

"说的也是！"明丽说，"好吧，帮你接风！"

勉为其难吧，毕竟将来业务上需要他的配合。

他建议开车到天母，明丽觉得太远："我下午还要开会！"

其实她不用开会。这样讲，只是希望这是单纯而简短的同事午餐。

他妥协，开车到公司附近一家高级餐厅。

他用戴着婚戒的手替明丽开车门，调整安全带。他没必要做这动作，明丽知道怎么绑安全带。

"不可思议，你看起来一点都没变。"他说。

"老啰……"

"你身材怎么保持的？"

"尽量不去高级餐厅。"

"那你吃什么？吃得气色这么好？我也想试试。"

"你应该不适合。"

"为什么？"

"我都喝四物鸡精。"

"难怪眼睛这么有灵性。"

"那是因为戴了瞳孔放大片。"

他摇摇头："你还是一样伶牙俐齿！当你男朋友应该不容易。"

明丽接招："伶牙俐'齿'？还好啦，我男友是牙医，治得了我。"

真正没变的是她的老同事。十年前，他就有很多小动作让明丽不舒服。十年后，他的小孩已经大了十岁，还是没改。

到了餐厅，他帮她拉椅子、加水、笑时拍她的肩，都在意料之中。她一切配合，笑容跟意大利面的酱汁一样浓稠。

她把这餐当作是瑜伽课：脸部放松，肢体伸展，老娘陪你玩。

他谈起暑假的家庭度假："我们去马尔代夫度假，早上打高尔夫，下午去潜水，你潜水吗？"

"'马尔代夫'？是桃园那个吗？"

"哈哈，少来，你会不知道马尔代夫？"他笑，"你潜水吗？"

"只在网路上潜。"

"那你下次应该跟我去马尔代夫。我可以教你，保证一天学会。"

你在说什么？

"真的啊？那么简单？可是我连游泳都不会耶！"

"游泳跟潜水是两回事，你只要会洗澡就会潜水。"他停顿一下，"你会洗澡吧？"

"我不确定耶！"明丽跟他玩，"你也教洗澡吗？"

他被明丽这一堵，反而接不上来。连忙转变话题："洗澡真的也有学问，你去过芬兰的 Spa 吗？"

"没去过'芬兰'，但去过'宜兰'。我们的薪水哪去得起芬兰？能去宜兰，回来不堵车，已经很感恩了！"

他没听出，或不在乎，明丽的嘲讽。滔滔不绝地描述芬兰，明丽配合着点头、微笑、拿刀叉、咀嚼……

吃完饭，走回停车场。他用遥控器把车门打开，她坐进车内，他也坐进来，然后他把四个车门锁上。

明丽闻风不动。她试着开窗，窗也被锁了起来。

"要不要去喝咖啡？"他问。

明丽假装看表："哎呀，不行耶，下午要开会，明早还要跟'大老板'报告。"

她特别强调"大老板"三个字，算是善意的提醒。

一辆要出场的车从他们车前快速开过。

"你看那辆车开得好快！"明丽说。其实她的意思是："你看这停车场有好多车进进出出！"

"是啊！"他虚弱地回应。

"下次吧。"明丽转头看他，给他一个鼓励的微笑。

"好，下次。"

他很识趣地发动车，开出停车场。

"你要回公司开会？"他问。

"是啊！"明丽说。

"那我在路口放你下来。我下午有个会在外面。"

他真的把明丽丢在路旁，呼啸离去。

他的车排出废气，喷到明丽脸上，明丽抹掉。

如果这就是社会上认定的成功男人，我为什么需要一个男人？

2

明丽当然没开会，第二天也没跟"大老板"报告。她的层级没机会看到大老板，更别说跟他开会。她的层级需要花一整个下午的时间，回一堆没有意义的 E-mail。

快下班时，一箱快递放在桌上。

"你团购啊？"Jenny 说，"怎么没揪我？"

"那天去花莲，想买但没下手，回来后上网买的。"

Jenny 用力摇，发出撞击声。

Jenny 降低音量："这么硬，是性爱玩具吗？"

"你好内行喔。"明丽眨眼。

Jenny 划开胶带，撑开纸箱。

"这什么啊……"Jenny 大叫，"无聊！"

那是她在花莲看到的木制卫生纸盒。

"你看……"明丽把木盒拿过来，跟 Jenny 介绍，"这旁边上有个洞，还做成树的形状，这样你就可以看到里面还剩几张卫生纸。"

Jenny 皱着眉："用完不就知道用完了？干吗要事先知道？"

"万一用完时你刚好坐在马桶上怎么办？"

"叫我男友去拿啊。"

"但我没有男友啊！"

"没男友，你需要的不是卫生纸盒，而是我想团购的东西……"

"唉呀，我不需要啦……"

"别装了。"

"不是装。而是你怎么知道我没有呢？"

两人爆笑。

"要不要试试 speed dating①？"Jenny 问。

"哈？"

"现在很流行喔！"

"很尴尬吧！"

---

① 意为：闪电约会。

"我们一起去，就当作是玩玩吧。"

"跟你竞争我吃亏耶。"

"这不是比赛，每个人都可以选三个人，互相选到彼此，才会拿到彼此的联络方式。"

"对我来说太新潮了！"

"你不要跟老板一样好不好？试试看年轻人的想法嘛！"

这句话戳中了明丽。也许，比年华老去更可怕的，是观念的老化。

这不是我单身的最后一年吗？那就好好玩玩吧！

3

但这样的雄心大志，到了现场立刻消失。

走进餐厅，一个穿着 T-shirt、短裤、海滩鞋的男生也跑进来，还撞到她们。

"我先走了！"明丽跟 Jenny 耳语。

"八对八，你走了就少一个女生。"

"我不管。"

Jenny 抓住明丽的手："除了粗鲁的海滩男，还有七个可以选啊！"

"他们都太年轻了！不是我的菜。"

"偶尔尝尝小鲜肉嘛！"

"我不知道要跟小鲜肉聊什么。"

"七分钟，聊聊星座血型就结束了！"

明丽错过开溜的最好时机。主办人出来讲话了："时间差不多了，请大家就座吧，先随便坐没关系。"

"就假装你才二十五岁吧！"Jenny 紧抓着明丽往前走。

这怎么假装？大家都看得出来啊！

这是一个变装派对，但我忘了变装。

主持人说明规则："待会儿就请女主角坐在固定座位，男主角换座位。每回合聊七分钟。七分钟一到，请男主角换到你右边的座位。"

坐在明丽对面的，刚好就是海滩男。

"嗨！"明丽露出了职业的笑容。

"嘿！"海滩男呼应。

然后两个人都没有说话，像收音机突然断讯。

明丽涌上身为长辈的责任感，主动打破尴尬："你是什么星座的？"

"射手。"

然后又是沉默。

您老兄也至少回问我一下嘛！

"你什么血型？"明丽问。

"AB 型。"

"真的啊？ AB 型很少见耶！"

"不会啊，我们家就两个。"

七分钟怎么这么漫长？

"你今天去海边？"

"没有啊。"

"那怎么一身海滩装？"

"这是海滩装吗？我每天都这样。"海滩男打量着她，问出第一个问题，"你这样穿不热吗？"

"是很热。但没办法，公司里大家都这样穿。"

明丽期待他问她在哪里工作，但海滩男说："这几天真的好热喔！感觉比七月还热，也许我该听你的建议，到海边走走。"

"你冲浪吗？"明丽顺着他的话。

海滩男摇头。

"潜水？"

也摇头。

"游泳？"

也摇头。

"那你去海边干吗？"

"就是沿着海滩，走一走，吹吹海风啊！"

"去过春呐吗？"明丽问。

"什么？"

"'春天呐喊'演唱会。"

"没有。"

也许我不是这里最老的。

"听说那里有很多辣妹喔……"明丽说。

"还好啦!"

"嘿,你去过马尔代夫吗?"

呵呵,海滩男笑了出来。

七分钟铃响时,明丽感觉像跑了一千公尺。

下一个坐到她面前的,是戴着细框眼镜的斯文男。

"嗨,我是 Willy。"斯文男伸出手来跟她握手。

"嗨,我是明丽。"

"明丽在哪里高就?"

"我在银行。"

"喔,跟 Jenny 一样!"

"我们是同事! 那你呢?"

"我在一家日商贸易公司。"斯文男用吸管喝了一口冰红茶,"明丽常来 speed dating 吗?"

干吗明丽来明丽去的,不能说"你"吗?

"第一次,你呢?"

"我参加好几次了。"

"这次跟之前有什么不同?"

"今天总算到齐了,前几次都有人临阵脱逃。"

"那怎么办?"

"工作人员只好自己跳下来补位。"

明丽点头。她得趁机溜走,反正工作人员可以补位。

"明丽平常星期五晚上都在干吗?"

"为什么你一直用'明丽'来称呼我?"

　　"你不是叫'明丽'吗?"

　　"是没错,但我就坐在你对面,为什么你不直接说'你',而说'明丽'呢?"

　　"喔,对不起,我把日文语法用在中文了。失礼了!"

　　"不失礼,不失礼,我觉得很可爱。"

　　第三个男生问她:"你喜欢吃中餐还是西餐?"

　　"西餐。"明丽说。

　　"为什么?"

　　"因为我单身,西餐比较好点。"

　　"如果你跟十个人一起吃呢?"

　　"我还是喜欢西餐。"

　　"为什么?"

　　"因为我怕胖,中餐比较油。"

　　"西餐的奶油也很肥好不好?"

　　"不涂奶油啊!"

　　"可是他做菜的时候都加下去了啊!你知道蛋糕里加了多少奶油!"

　　"我不想知道。"

　　"哈哈,逃避现实!"

　　"当然啰,这是基本生存技巧。那你呢?你喜欢吃中餐还是西餐?"

　　我把你的问题反问你一遍,时间就到了吧。

　　"我喜欢吃泰国菜!"

"你喜欢吃辣?"

"我喜欢吃酸。"

"很少男生喜欢吃酸吧?"

"我就喜欢,所以我喜欢'吃醋'。"

泰国男自己笑了出来,明丽也捧场跟着笑。

我现在好想吃奶油!

第四个男生换位子时,明丽想去上厕所,然后一走了之。她给旁边的 Jenny 使个眼色,Jenny 看出她的意图,皱眉警告她。

第四个男生坐下。

"你买了什么?"明丽看到第四个男生提着一个纸袋。

"喔,"男子笑笑,"我买了一把刀。"

明丽故作镇定:"买刀干什么?"

"喔,这是用来切蛋糕的。你要不要看一下?"男子作势去拿。

"不用了不用了!"明丽连忙制止,"切蛋糕需要专用刀?"

"有差!"男子认真地说,"用这种刀,小蛋糕也可以平均切成十份,不会塌下来。"

"你家人很多?"

"我一个人住。"

"那为什么蛋糕要切成十份?"

"偶尔朋友办生日趴的时候会用到。"

"所以你都带着这把刀去参加生日趴?"

"还会带比较好看的蜡烛。"

第五个男生体格很好。

"你常运动?"明丽问。

"我大学时打羽毛球。"

"现在还打?"

"上班后就没时间打了。"

"我一直想学羽毛球。"明丽做球。

"真的啊?"除了这三个字,他没别的反应。

"你觉得初学者要多久才能上场比赛?"

"要看情形啰!"

"你看我这样呢?"

"你站起来。"

明丽站起。

"转一圈。"明丽照做。

"大概半年。"

"半年!"

你是看臀围吗!

"你认识好的教练可以介绍给我吗?"

"不好意思……"

然后那男的从口袋中拿出手机,开始回讯息。

明丽东张西望,以为他只回一两秒钟。但一分钟过去,羽毛球男仍在滑手机。

你是顺便上网买东西是不是?

明丽转头去寻找工作人员,像 NBA 场边教练要跟场上的裁判抗议。报告裁判，这算是技术犯规吧。

她站起来，走去上厕所。那男的继续滑手机，完全没注意到她离开。

她想从厕所溜走，但那是地下室，厕所没有窗。

她从厕所走出来，打开水龙头。有省水设定，水量微弱得要窒息。

她回到现场，第六个男生已经坐在那边等她。

"不好意思，去洗手间。"明丽说。

"水量很小喔！"

"你怎么知道？"明丽眼睛一亮。

"我刚才有去过。"男子苦笑，"干吗那么小气？谁会那么无聊，跑到这里来浪费水！"

"就是嘛！"明丽情不自禁地叫出来。

她迅速打量这男子，他穿得很休闲，看起来不是上班族。

"你做什么工作？"明丽问。

"我做设计。"

"哇，好有趣！"

"你呢？"

"我在银行上班。"

"哇，好无趣！"

明丽笑出来。这是今晚她第一个真心的微笑。

"你喜欢听音乐？"明丽问。

"你怎么知道？"

明丽指着他的包包中露出的耳机。

"是啊！"

"我可以看你手机里的音乐吗？"

"好啊！我们交换看吧。"

他们各自拿出手机，打开手机的歌曲清单。

"我可以先看你'最近播放过的歌曲'吗？"明丽问。

"当然！"

明丽看到：贝多芬交响曲、莫扎特 K.183、莫扎特 K.304……

"哇，你听很多古典音乐耶！"

"我也听别的啊！"

明丽往下滑，看到陈奕迅的《十年》、五月天的《垃圾车》、苏打绿的《他夏了夏天》……

"最近听什么中文歌？"明丽问。

"这里……"

然后明丽在他的"最近播放过的歌曲"，看到这一首——贾立怡，*Love is Most Beautiful*。

这是缘分吗？

"你也喜欢贾立怡？"明丽抬起头看他。

"你知道贾立怡！"

"*Love is Most Beautiful*，我最近才在朋友婚礼上听到！"

"真的？！"设计男举起手，邀请明丽击掌，"我朋友都不知道她。"

"我跟贾立怡同年耶！"设计男说。

"哇……"明丽赞叹。

我们三人都同年。

然后设计男轻轻哼着:

"紧握着你的手,再也不会一个人走,这是我的感受,莫名的感动,却说不出口……"

"你会唱啊!"

"找一天一起去唱歌!"设计男说。

"我们一定有很多共同的歌!"

她回到设计男的总歌单,从一画的歌开始看。有些她听过:《一样的夏天》《爱情转移》,但很多她都没听过《一场空》《女爵》……她跳到英文歌,从"A"开始,第一首她就眼睛一亮!

"你也喜欢 *Accidentally in Love*!"明丽的声音接近欢呼了!

"一听就开心的歌!"

"《怪物史莱克》的主题曲!"

"你喜欢主唱 Counting Crows?"

"喜欢啊!"其实明丽不知道 *Accidentally in Love* 的主唱是谁。

"我喜欢他们的 *A Long December*。"设计男说。

"*A Long December*……我没听过,你手机里有吗?"

"怎么可能喜欢'Counting Crows'却没听过 *A Long December*!"

"可能我听过但忘记歌名了,你手机里有吗?"

"当然!"他把手机拿过去,很快地找到,"要不要听?"

明丽点点头。

他从包包中拿出耳机。

"介意用我的耳机吗？"

"不介意。"

他把耳机插上手机，交给她。她把他的耳机塞进自己耳中……

钢琴前奏、忧郁气氛。然后歌手开始唱：

> *A long December and there's reason to believe*
>
> *Maybe this year will be better than the last*……

她听不太懂，但歌词并不重要，她只是在听这样的氛围。

"怎么样？"他问。

"跟 *Accidentally in Love* 风格差好多！"

"但还是很有味道，十二月听更有感觉！"

"最好在冷风之中！"明丽说。

"你怎么知道！它的 MV 刚好有一幕，是主唱在冷风中，站在街头，戴个帽子，背景是 motel 模糊的霓红灯。"

"你怎么记得这么清楚？"

"看了几十遍！"

"你喜欢这种忧郁的歌啊？你很文青喔！"

"你也很文青啊！"

"我完全不文青，"明丽笑说，"我很实际。"

明丽把耳机拿下，手机还给他。

"实际，怎么会来 speed dating？"设计男问。

"就是实际，才会来 speed dating。七分钟就见真章。"

"七分钟太短了吧？"

"怎么会……对某些人来说……"明丽斜瞄旁边刚刚那位发短信的男生，"七分钟太长了。"

设计男接收到了，对明丽眨单眼。

"那你呢？你怎么会来 speed dating？"明丽问。

"可以说实话吗？"

"当然！"

"我是来帮忙的。"

"帮忙？"

"主办人是我朋友，临时有个男生不能来，我办公室就在附近，他找我来支援。"

明丽的笑容慢慢缩小，像地下室洗手间水龙头的水量。

"其实我有女友了！"

4

礼拜——早在高雄开会，她礼拜天中午就上了高铁，跟春芸约喝下午茶。

春芸要她把星期天晚上的时间也留下，介绍一个高雄的男生给她。

"他有女友吗？"

"当然没有！"

"我怕了，要先问清楚。"

"我跟本人确认过，没女友、没男友，甚至连'网友'都很少，生活单纯。"

年轻时，她们约在卖蜜糖吐司的甜点店。现在，她们约在百货公司的童装部。

"不好意思，这里超没情调。但好处是小朋友有地方玩。"春芸抱歉。

"这里很好啊！一边聊天一边看人。"

"这里看到的男人，都是爸爸。"

"会带小孩来这里的爸爸，应该是好男人。我想看看，好男人长什么样子。"

她们坐在电扶梯旁边的椅子，看着春芸的儿子骑电动木马。每一次只有一分钟，春芸必须不断站起来投币。

"有小孩就是这样，没办法专心，事情会不断被打断。"

"没有小孩也是这样好不好，手机会一直打断你。"

"但手机可以关机，小孩不行。"

"可以交给爸爸吗？"

"我老公五十几岁了，哪带得动？"

"跟大叔交往的感觉怎么样？"

小朋友对木马失去兴趣，跑到游乐区玩别的东西。春芸和明丽站起来，跟着他跑。

"嗯……有点像订报纸。"

"怎么说？"

"很稳定。你知道他每天固定时间会来。但内容不即时，也不互动。"

"不互动是什么意思？"

"我老公是教授，本来就内向。年纪大了话更少，你问他三句，只有一句有反应。"

"那你怎么受得了！你这么喜欢讲话。"

"所以你约我出来，我好乐。"

"不能沟通吗？"

"这怎么沟通？他个性就这样。"春芸陪儿子跪在地上，明丽跟着跪。春芸指着地上的动物图案，"我老公就像这只乌龟，外壳非常坚硬。"

"追你的时候也是这样？"

"追的时候当然比较热情，嘴甜。我记得我曾问他：'你年纪这么大，有没有前一段婚姻？'"

"他怎么说？"

"'没有前一段婚姻，没有后一段婚姻，这辈子就跟定你了！'"

"真会说话！"

"婚后就不做对联了。"

"教授也这么善变？"

"这跟教授有什么关系？男人都这样吧。"

"我以为老一点的男人会比较体贴。"

"老一点的男人就是比较老，不会比较体贴。"

明丽叹气。

"干吗，最近有认识老男人？"

"也没有。最近认识一个大叔，但后来发现他有女友了，"明丽说，"他倒是蛮有趣的，他说：他想认识我，跟我交朋友。"

"那就交啊。搞不好，朋友就变成男朋友。"

"我不期待。她有一个甜美的小女友，连我都喜欢。"

"搞不好他的小女友，现在也在某个百货公司，跟她同龄的朋友抱怨大叔的种种不是……"

"她们应该不是在童装部。"

"她们应该在台北东区，点着咖啡上喷鲜奶油的饮料，边聊边自拍。"

"但事实上又不是这样。我见过他女友，气质很好，感觉很有深度。"

"那就比比看啰，你也很有深度啊！"

"我吗？"明丽笑，"我只剩鲔鱼肚了。"

孩子尿湿了，两个人进厕所换尿布。

春芸的动作熟练，边换边说："那个大叔想跟你交朋友，就试试看。反正你们都在'开发客户'。"

"这你内行，我不行，我只会风险控管。"

"那更要开发客户！"春芸说，"如果想生，要趁四十之前。四十岁之后，真的很难。"

"可以不生，只当你儿子的干妈吗？"明丽抱起孩子。

抱起后才发现：一个小孩比外表看起来更重。

"我儿子一年见你几面？其他时间你抱谁？"

春芸总是这样诚实。

"搞不好我对小孩的耐心，也仅止于一年一两次。"

"当妈之前，没有人知道。当妈之后，知道也来不及了。"

聊了两小时，孩子吵着要回家了。

"我们先把他送回家，再去餐厅跟那男生碰面。"

"怎样的人？"

"先声明，不是你以前交往过的那种都会型男，是我老公学校的同事。"

"也是教授？"

"是行政人员。他姓徐，我们都叫他徐组长。人不帅，钱不多，但我见他几次，觉得他不错。"

"哪里不错？"

"很朴实的一个人。"

这些描述，把明丽的期待降到最低。

春芸注意到明丽的表情变化，连忙推销："他有一种奇特的幽默感。比如说，我说要介绍你给他认识，他跟我打听你的微信。我问为什么。他说要看看你微信上的照片，有没有固定跟某个男人的合照。我说如果有的话就不追了吗？他说正好相反，如果有的话他就会追。我问为什么，他说那代表竞争对手只有一个，不会太难。"

明丽笑。她交往过的都会男，没一个有这种自信。

春芸加码："我跟他说，我约你们见面，我坐一下，然后先离开，让你们两人自己聊，希望他不介意。他说，当然不介意，只希望女主角不要也只坐一下，就先离开，让我自己跟自己聊。"

突然间，明丽期待晚上的见面。

明丽说："你是卖圣诞灯饰的耶！什么时候开始那么重视朴实？"

"那是一个很自然的过程。年纪变大，看到生活中很多困难，就开始对简单的美好心存感激。"

"年轻时对于幸福的定义，都太抽象，太崇高了？"

"是啊！年轻时想要找白马王子，现在有个稳定的伴侣就觉得幸福了。年轻时觉得钱包要满满的才幸福，现在觉得手机满格就很幸福了。"

明丽拿起手机："我满格耶！"

"耶！"春芸附和。

"但为什么我没有感觉幸福？"

"那是因为，你还没有走到，收不到讯号的地方。"

"但我感觉到讯号越来越弱了……"明丽说。

春芸抓起她的手，放了一个东西在她手上。

明丽打开手掌……

是春芸婚礼上那个红色心形胸章。

春芸把明丽的手合上："讯号太弱时，我就是你的'热点'。"

5

　　走进餐厅，明丽一看见徐组长，就放松了。他的穿着、发型、说话的语调，都让人觉得这顿饭是在家里，不是餐厅。

　　春芸吃到一半，借口小孩吵着要妈妈，自然地离开，剩下她和徐组长。

　　"吃个甜点？"徐组长把菜单翻到最后一页，"他们的豆沙小笼包很有名。"

　　"最近胖了，不敢吃太甜。有没有不那么甜的小笼包？"

　　"蟹粉小笼包不甜。"

　　明丽笑了出来。的确，他有一种奇特的幽默感。

　　他们还是点了豆沙小笼包。"吃不完没关系，我明天当早餐。"徐组长说。

　　"现在同学好带吗？"

　　"越来越难带了！上礼拜有同学来我们办公室，说要申请成立'性服务社'。"

　　"哇……这怎么处理？"

　　"我问的第一个问题是：'你们社费要收多少钱？'"

　　明丽笑："他们怎么说？"

　　"他们说我们不收社费。"

　　"为什么？"

　　"我也问为什么，"徐组长说，"他们说因为使用者会付费。

社员不但不需缴会费，还会赚到钱。"

"他们真的说'使用者'？"

"我就问他们：你们心目中的'使用者'是谁？他们说：任何师生，包括你。他们指着我说：'你不是还未婚？'"

"他们真的这么说？"

"真的！"

"你有没有生气？"

"没有。但我假装生气说：什么意思？你是说我结婚后就不能用你们的服务了吗？"

明丽又笑了。

"你的工作需要跟年轻人打交道吗？"徐组长问。

"坐我旁边的同事很年轻，才二十几岁。不过我们谈得来。"

"那你一定心态很年轻！"

"没有，是他们的心态很老成。他们这时代机会少，钱难赚，他们被逼着提前变老。"

"学生想开'性服务社'，也是提前变老了。"

服务员收盘子上甜点，给他们改变话题的机会。

"下班后，你都做什么好玩的事？"徐组长问。

她毫不避讳："其实我的生活蛮 boring①的。以前有长假时，还会跟朋友去旅行。这两年朋友都生小孩去了，旅行团就散了。"

"我也喜欢旅行！你们都去哪里？"

―――――――――――

① 意为：乏味的、无聊的。

"最常去日本。"

"去过京都吗？"

"还没。"

"有机会一定要去京都走走。"

"为什么？"

"传统跟现代结合得很好。然后传统中，大的和小的都值得一看。"

吃完甜点，她看看表，快十点了。他看她在看表，便说："早点回旅馆休息吧，我知道你明天一早要开会。"

"交换一下联络方法吧。"明丽说。

他们扫描了彼此的账号。

"要不要我送你回去？"走到餐厅门外，徐组长问。

"不用了。我的旅馆就在附近。"

他不勉强，在餐厅门口，跟她道别。

"要不要把这几个豆沙小笼包带回去，明天当早餐？"他问。

"那你呢？"

"我有了。明早我光嗑糖尿病的药就饱了。"

她笑。

"其实没那么甜。"他说。

"对，"她附和，"其实没那么甜。"

回到旅馆，春芸问她："觉得怎么样？"

"他真的很好笑。"

"想进一步认识吗？"

"我们没有火花，但有暖流。值得进一步吗？"

"你是说他像潮汐，不像漩涡？"

"你这比喻更好！"

"只有这样，才值得进一步！"春芸说。

"爱情是漩涡，婚姻是潮汐？"

"而高雄是个美丽的海港。"

几天后，徐组长微信明丽，附了一张京都寺庙的照片：

"京都寺庙很多，这是我最喜欢的一个小庙，叫常寂光寺。光听这名字，就很浪漫对不对？如果真的去了京都，可以去逛逛。拍张照片跟我分享。我去过，是夏天去的。但我想看常寂光寺在不同季节的样子。"

明丽把常寂光寺的照片存下来。常寂光寺不是她对京都的印象，天龙寺才是。就像徐组长不是她对男友的印象，那些都会型男才是。

但这一次，她决定用不同的眼光，好好端详……

几天后，徐组长传来"性服务社"的社团申请单给她看。她回复：

"快开学了吧？对学生是一个新的开始。对你呢？你有什么新计划？"

对我呢？我有什么新计划？

SEPTEMBER

九
月

1

　　九月的台北，跟七月一样热，但公司给了她一个避暑的机会——到北京出差。

　　在北京办公室关了一个礼拜，礼拜五中午终于把公事办完了。她发了一个讯息给阿川。

　　"来北京怎么不早说！下午有空吗？"

　　"有。喝杯咖啡？"

　　"去过颐和园？"

　　"'颐和园'咖啡厅？"

　　"不，慈禧太后的颐和园。"

　　"你用慈禧太后的规格接待我？"

　　"当然！"

　　她对北京没概念，问了饭店才知道去颐和园要一路开到西边。她坐上出租车，兜了一小时。

　　他们约在东宫门。下车后人潮拥挤，她拿起电话打给阿川，奇妙的，他刚好迎上来，看起来矮了些、瘦了点。

"怎么这么巧！"她说。

"有缘吧！"

他主动伸出双臂来拥抱她，她自然地接受。

"你知道我为什么跟你约在这里吗？"

"为什么？"

"你看……"阿川抬头指着牌楼上的字。

"'涵虚'……'罨秀'，那是念'安'秀吗？"明丽问。

"'淹'秀。"

"什么意思？"

"这是乾隆的笔迹。'涵虚'是包含了天地万物的意思。'罨秀'是捕捉美丽景色的意思。"

"好美，但这跟我们约在这里有什么关系？"

"'罨秀'，捕捉美丽景色，跟'明丽'……"阿川引导她，但她反应不过来。

"你的名字'明丽'，你的名字就是捕捉美丽景色，你就是'罨秀'啊！"

这是什么逻辑？

"喔，谢谢……"这是她唯一能有的反应。

"北京那么多景点，你难道不好奇我为什么带你来这儿？"

"就为了这块牌子？"

"就为了这块牌子！"

她笑，他们真的有代沟。

往前走，入口处有人上前推销导游服务，阿川挥手拒绝。

"这里你很熟？"明丽问。

"小时候历史不是读过吗？"

"我们读的版本可能不一样。"

"但八国联军打到颐和园，应该都有学吧？"

"真不记得了。"明丽说，"要不要请个导游，复习一下？"

"不用啦！"阿川说，"我没资格当导游，但骗骗你绰绰有余！"他指着门前的铜狮子，"这两只狮子，分得出男女吗？"

"我连人是男是女都分不清，别说狮子！"

"右边是雄的，左边是雌的。"

"完全看不出来！"明丽说，"为什么要知道狮子的性别？"

阿川瞪她："说的也是！但专业导游都会这样介绍，我也就这样介绍了。"

他们从东宫门进去，走进仁寿殿。

"慈禧太后当年办公的地方。"

明丽指着看匾额："'慈晖懿祉'……"

"光绪皇帝说，他的母后对他恩重如山，他希望托母后的洪福。"

"我不知道慈禧是这么好的妈妈。"

"匾额当然要这样写，就像微信上都写好话一样。"他们在匾额下绕了一圈，"慈禧不是光绪的妈，光绪的妈是慈禧的妹妹。"

"好复杂。"

"不会比今天的社会关系复杂。"

"那是你吧！我很单纯的。"

"住在台北怎么会单纯？大家来往这么容易。住在北京才单纯，上哪儿都要一个小时，自然就不想乱跑了。"

"那你要很感动，我可是花了一小时特别来这里见你。"

"感动，感动，谢谢老佛爷！"

"老佛爷"走出仁寿殿。

"想看宫廷的话，前面有玉澜堂，是光绪住的地方。想看湖，我们可以去踩湖上的船！"

"我们就沿着湖边散散步吧。我也不能走太久，待会儿要赶飞机。"

"没关系，我送你去机场。"

"你开车？我以为你都坐地铁。"

"我是坐地铁。我是说坐地铁送你去机场。"

"哈哈，创业这么辛苦啊？一把年纪了还坐地铁。"

"我有车，但车上有司机，聊起来不痛快。"

"地铁上不也有别人。"

"但地铁上的人不认识我们。"

"我们要聊什么敏感话题？为什么不能有认识的人在场？"明丽逗他。走进慈禧太后的地盘，她也变得刁钻。

"想聊什么都可以。如果真想坐车，我也可以叫司机来。大不了明天换一位司机。"

"换我比较快，明天我就不在了。"

他们沿着湖边走，风像纱扑上来。空气中有花香，一丛丛的花也聊着不可告人的秘密。柳树由绿转黄，湖水映照出来的红亭，也闪着黄光。

"这是'知春亭'，你知道为什么叫'知春亭'吗？"

"'春江水暖鸭先知'！"

"聪明！"

"水真的是从这边开始解冻？"

"我没目睹过，但理论上是这样。"

他们在亭子上眺望着整个湖。

"那有'知秋亭'吗？"

"不用'知秋'了，你看这些柳树的颜色就知道是秋天了。"

"那个桥好漂亮！"

"那是十七孔桥。"

"我们走过去。"

他们沿着湖边走，明丽说："看起来你很喜欢北京！"

"我也喜欢台北啊！只不过我现在住在这里，对这里熟一些。"

"你不怕冷啊？才九月，我就觉得冷了。"

"还好。我喜欢四季。我喜欢有春夏秋冬的感觉。"

"台湾四季如春不是更好？"

"台湾四季如春一定比较舒服，但北京四季分明比较有情调。"

"暴风雪时也有情调？"

"暴风雪时就待在家里啰。红泥小火炉，喝杯小酒，透过窗子看外面的雪景，很有情调。"

"你过的真的是老人生活。"

"是啊，我早上五六点就醒了。"

"为什么？"

"睡不好。老人家都会这样。"

"早上五六点起来要干吗？"

"看看书，等着天慢慢亮。"阿川说，"到了一个年纪，好像只等两件事：天慢慢亮，或天慢慢黑。"

阿川的口气有些落寞，像由绿转黄的柳叶。明丽说："你好像对年纪很敏感。"

"可能是中年危机吧！"

"我也是。"像湖边柳树的枝干，明丽很柔软地在他面前承认了，"今年以来，我也觉得自己有中年危机。"

"你才'四十'耶！"

"女人的中年危机来得比较早吧！"

"哪有这种说法？"

"毕竟，我们还得保留一些时段给更年期。"

"那女性中年危机的征兆是什么？"

"想当慈禧太后。"

"野心太大了吧！"阿川说，"慈禧太后垂帘听政是二十六岁耶！您太晚了吧……"

"我不想垂帘听政，我想有个自己的家。"

阿川看着湖面，点点头："过了四十岁，或四十五岁之后，你会发现时间过得很快，过了后好像什么都没留下。如果有个家，有个孩子，孩子的成长，是你唯一证明时间存在过的方法。"

"你讲得一副养过孩子的样子。"

"我是没孩子，但我做这家公司，有点养孩子的心情。我想做出一点什么，跟时间对抗。"

"但我也会想，这样对孩子公平吗？为什么他们一出生就要帮我们跟时间对抗，填补我们的空虚？"

"所以要好好养他们，让他们的生命有自己的价值。"

他们走到铜牛旁边，明丽说："它永葆青春，没有中年危机。"

"要不要帮你拍张照？"

"我们一起拍吧。"

"我请别人帮我们拍。"

"不用了，我们自拍。"

明丽拿起手机，伸出右臂。阿川显然不常自拍，位置和姿势都像铜牛一样僵硬。

"你要过来一点，这样才拍得到我们三个。"

"三个？"

"加上牛啊！"

明丽拍完，其他游客立刻挤过来拍照，把他们逼到一边。明丽给阿川看。阿川看了后说："这张应该叫老牛吃嫩草。"

"你又没有吃我。"

"我是说这只铜牛跟旁边的柳树啦。"

那一刻，明丽觉得：他们是可能成为"朋友"的。

2

时候不早了，还要赶飞机，他们离开颐和园。

"星期六你赶回去干吗？多留一天吧！我带你去逛逛胡同。"

"旅馆都退房了。机票也不好改。"

"机票怎么会不好改！我每次坐飞机都改机票！旅馆更不是问题，你可以住我家。"

"太麻烦了！"

"你别客气。我台湾来的朋友很多，都住我客房，有自己的卫浴设备，很方便的。"

他们回到旅馆。他站在大厅帮她打电话给航空公司，她去拿寄放的行李。拿到行李，看了看时间，刚好来得及去机场。她远远看着他认真帮她打点的模样……

秋天、北京、星期六。她的心意，像树叶，慢慢变了颜色。

"没人接。"阿川说，"不过明天一定有位子啦！"

就交个"朋友"吧！

"北京最好的餐厅在哪里？"她问。

他兴奋地帮她拿起行李："我带你去。"

他心目中北京最好的餐厅，是他家。

他家在大楼的十楼。空荡的客厅，只有两把椅子，和一台沾满灰尘的跑步机。

"这是客房……"他带路，"这边是浴室，这里有毛巾。"

他还帮她准备了一支新牙刷。

"好专业，像旅馆一样！"

"我有些朋友真把这客房当旅馆！"

包括你女友。

但她不想说这句话，这么扫兴干吗？

"包括你女友？"她还是说了。

既然要做朋友，有什么不能谈的呢？

他笑笑："我女友不住客房，她跟我睡。"

他离开，准备晚餐。她换上运动衣裤，准备交朋友。

她走进厨房，他正翻箱倒柜。

"你想吃什么？"阿川问。

"我就吃你平常吃的。"

"我平常都吃面。"

"那我就吃面。"

"太怠慢了吧！"

"不会。我想体会你平常在北京的生活。"

"体会我平常在北京的生活？那我们得去我公司加班，我很少这么早回家！"

"晚一点吃没关系啊！"明丽说，"但我可以有一个特殊要求吗？"

"什么？"

"抹茶蛋糕！"

他教她做抹茶蛋糕，就像那天短信教学的步骤一样。先准备蛋、牛奶、色拉油、蜂蜜、黑砂糖。他带她筛低筋面粉和发粉，然后搅拌，就像电视上《帅哥厨师到我家》的主厨。而她也像那些节目中的女生，称职地表现对于厨艺的笨拙。

纵使换上运动裤，她仍处于备战状态。

"还记得要把搅拌的成果倒在哪里吗？我告诉过你的……"

"我哪记得！"

"瓷盘啊！"

"喔，想起来了！然后要一个平底锅，加热水，把瓷盘放进平底锅蒸！"

"嗯，记性不错嘛！"

他让她自己操作，结果做出来的颜色和质地，看起来像发霉的萝卜糕。

"你敢吃吗？"明丽端起盘子。

他没回答，拿起汤匙，搅了一大口吃了。

"怎么样？"

"你有加糖吗？"

"哎呀，忘了！"明丽惊呼。

最后端上桌的，是两碗炸酱面，一碗青菜豆腐汤，一个像发霉的萝卜糕的无糖抹茶蛋糕和北京的秋夜。

"你陪我吃饭，我就可以开酒了。"阿川兴高采烈走到厨房的柜子，跪在地上找酒，"你可以喝两杯吧？"

"不用费心找酒了，我不能喝。"

"不是什么好酒，只是我平常一个人喝不完，舍不得开。"

　　他从柜子内侧抓出一瓶酒，然后站起身。他转过身，把酒捧在胸前，像是一束要送给她的鲜花……

　　而那瓶酒的标签也的确像鲜花：白底红字，写着"Penfold's"。

　　明丽凝止。

　　"你喜欢澳洲酒吗……"

　　阿川注意到她的惊讶表情："你不喜欢澳洲酒？"

　　"不是……"

　　"你看起来很惊讶。"

　　"我很惊讶。"

　　她在台北超市买的酒，出现在北京。

3

　　打开酒，看手机，九点了。

　　"你平常都这么晚吃？"明丽嚼着北方风味的粗面条。

　　"晚一点吃好，熬夜时肚子不会饿。"

　　"创业太辛苦了！"

　　"时间倒还好，主要是体力。这里创业的都是二十几岁的小伙子，速度很快，我赶不上他们。"

　　"想回台湾吗？"

　　"我常回去啊！"

　　"我是说搬回去。"

"干吗？当逃兵吗？"

"你来北京才是当逃兵吧……"

"逃避的定义不是放弃某个城市，而是放弃你在做的事情。"

"你在做的事情，台湾也可以做吧。"

"但规模不一样……"他看着窗外北京的高楼，夜空下闪闪发光。

她注意到他的眼神，问他："你是要做到多大啊？上市？赚大钱？"

"不是为了赚钱。"他语气平和，没有辩解。

"那为什么一定要做大呢？"

他沉默了几秒钟："你在公司，想不想做更大，更有影响力的事？"

"没有。我做风险控管，不出纰漏就好。"

阿川笑笑："那你还年轻。"

"怎么说？"

"等你到了我这个年纪，你会想做够大、够有影响力、能创造意义的事。"

"为什么？"

他摇着酒："你希望你做的事能留下来，不会消逝。"

"像塑胶袋吗？"明丽说，"为什么要留下来？没什么是真正能留下来的吧。慈禧太后也只不过留下了颐和园。"

"长期来说，当然没什么是能留下来的。我的危机在于，忙到快五十岁，我发现之前做的很多事，连'短期'都留不下来。

他们就像微信的讯息，很容易就被盖掉、删掉。"

"我的工作就是这样啊！我们是防弊的工作，能创造出什么意义？不出事就是最大的意义！"

"谢谢你！"阿川对明丽举杯。

"谢什么？"

"安慰我。"

"我没有安慰你。"

"那谢谢你愿意听。我没办法跟别人讲这些。"

"你女友呢？"

"她愿意听，但不会给我回应。"阿川笑，"她可以给我'御守'，但没办法伸出'援手'。"

"嘿，其实我也听不懂！"

"她觉得我留在北京，代表我不够爱她。"

"那你为什么要交一个那么年轻的女友？"

"这跟年轻没有关系。就算她五十岁，还是会这样想。"阿川说，"而且，我不是刻意选择交年轻的女友。我们就是有缘遇到了。"

"你有缘遇到很多人，你刻意选择跟年轻的女生保持联络。"

"我也刻意选择跟你保持联络啊！"

明丽笑，他们碰杯。

碰杯时，她感觉到阿川在北京的生活就像这红酒杯：过大、易碎、装不满，有空荡的回音。

十年后，她会不会也是这样？

或者，她已经是这样。

4

她看得出阿川累了，就借口说自己想睡，结束了晚餐。

"帮你收一下？"明丽问。

"就两个碗，一个酒杯，没什么好收的。"

她在客房的浴室洗澡，莲蓬头旁放着各式洗发护发用品。她拿起来，快空了。

她洗完头，找不到吹风机，走出房间想问阿川……

他坐在沙发上睡着了。

窗外高楼的灯光，映在他歪向一边的脸颊。

我该让他这样睡一晚吗？还是扶他躺下来？

她走到他身边，扶他躺到沙发上。

他躺在沙发上，依然没有动静。

她拿起外套，帮他盖上。

这么多朋友来住他的客房，把他的洗发精都用完了。但此时的他，仍是如此孤独。

他有一个那么年轻甜美的女友，也那么爱她。但此时的他，仍是如此孤独。

她坐在他身旁，拿起桌上他那杯没喝完的红酒，慢慢喝下去。

坐在这小公寓，突然她感到北京……好大。

她从包包里，找出阿川女友送她的御守。

"可睡斋"。

放在阿川的头旁边。

"其实她可以伸出援手。"她对阿川说。

她回到客房，钻进被窝，北京的秋天好冷！

她关掉灯，阿川在客厅打呼的声音，变得无比清晰。

他的呼吸节奏均匀、沉稳，明早他会五点就醒吗？

她手脚摊开，枷锁都卸下来。

这比瑜伽课的收尾好多了。这才是真正的，"摊尸大休息"。

5

第二天她醒来时，闻到蛋糕的味道。

"早餐吃抹茶蛋糕好吗？"阿川问。

"无糖的我才吃！"她开玩笑。

他的糖用得刚好，像昨晚的对话。

他依约坐地铁送她到机场。Check in①后时间还早，他们走到二楼，在速食店喝咖啡，俯瞰整个大厅的人潮。

"这个，让你在飞机上享用……"阿川拿出一个纸袋。

"好吃的？"

"骨灰级的好书！"

_____

① 意为：登记入住。

"你送我骨灰？"

"我送你好书！"

明丽从纸袋中拿出来，一本名为《颐和园》的书。

"央视颐和园纪录片的总策划写的！"

明丽翻了一下："看来我们只去了颐和园的一小部分。"

"什么时候还有机会来北京？"

"不知道了。你呢？最近要回台北吗？"

"没有计划。"

对话走入死巷，她转头看大厅的人潮。早点过海关吧，看起来今天搭机的人很多。

"要不要跟我去京都赏枫？我约了几位朋友，你一起来吧。"

"京都？"

"十一月底十二月初。"

"你不是创业很忙吗？怎么一天到晚在玩？"

"去个两天，还可以啦！"

"北京的枫红也很美吧，干吗大老远跑到京都？"

"我看你今年是不会再来北京了，只好用京都来诱惑你。"

明丽不置可否。他们走到安检的门口，得说再见了。

"我回去查查看今年枫红的日程，再告诉你。"

"枫红还有日程？"

"日本人什么都能预测。"阿川说。

那日本人能不能预测，十一月底十二月初时，你我都单身吗？

OCTOBER

十
月

1

她把秋天从北京带回台北。早上起来太阳没了，天空由蓝转白，仿佛她的床单。

她的工作需要参加很多研讨会。一场研讨会上，她认识了一位男性同行。休息时间，他们聊起来。

"你住哪儿？"他问。

"我家刚好在附近，所以课程在这里我最高兴。你呢？"

"我住阳明山。"

"哇，高级！"

"阳明山也有便宜的房子。我是住在那种房子里。"

"靠近哪里？"

"国际饭店那边。"

"难怪你身上有一股……"

"硫磺味！"他立刻接话，"很多人这么说！"

其实我要说的是自然的气息。

"我家很旧，唯一的好处是，附近有公共温泉，我每天都去！"

"难怪你皮肤这么好！"

"你也不错啊！你也喜欢泡温泉？"

"很少。不过现在天气转凉了，可以去泡了。"

就算在四季如春的台北，她也感觉到要换季了。

下班后，她没有立刻去搭地铁。一路走向仁爱路，经过台北中山纪念馆，转头看信义区的大楼。秋夜的空气很干净，大楼的灯光像悬在半空的星星。

一切回到年初的原状，包括天气。

"想不想去礁溪跑马拉松？"南西传讯息来。

她总有一种天分，会莫名其妙地消失，然后在明丽低潮时出现。

那天在火车站挂了她电话，三个月没联络了。当时的气，像暑气一样消失了。

感情的事，有什么一定是"应该"或"不应该"？我没做过"不应该"的事吗？我有什么资格，去评断她的选择？

"今天早上刚好想去泡温泉。"她回。

南西的车坏了，她们星期五晚上约在复兴南路的葛玛兰巴士站。明丽从地铁站走出来，南西已经站在人行道上等待。明丽远远走向南西，她素颜、戴着眼镜，苍老了。三个月不见，看起来像三年。

她故障的，不只是车。

"我买了面包，"南西说，"你还没吃饭吧？"

"你怎么知道？好贴心喔！"

"还好啦，旁边就有一家面包店。"

"喔，害我感动了一下。"

她们没有谈上次放鸽子的事。两个人站在人行道，明丽咬着面包。

车来了，她们上车。上路后与司机简短寒暄，车内的灯就全暗了。

"花莲的事不好意思。"南西说。

"没关系，你们后来还好吗？"

"我们要结婚了。"

"真的？"

"当然没有！"南西笑，"他这种人怎么可能结婚！"

还有心情开玩笑，应该就不是问题了。

"那另外那女的？"明丽问。

"你是指哪一个？"

"还不止一个？"

"我知道的不止一个，不知道的不晓得有几个。"

"唉……"

"另一个你猜我怎么发现的？"

"怎么发现？"

"皮夹。"

"他的皮夹？"

"他皮夹里有他们的照片。"

"这年头还有人拍照片？"

"拍立得那种，年轻女生喜欢。"南西说，"我看到了，就把那两张照片从他皮夹中拿出来，收起来。"

"那他发现了怎么办？"

"我就是要让他发现。"

"那他发现了吗？"

"应该是。"

"你怎么知道？"

"他问我有没有看到他皮夹中的'名片'。"

"还名片嘞。"

"他没有问你照片？"

"他哪敢？"

黑暗中明丽摇头："何苦呢？"

"怎么说？"

"干吗这样一直纠缠下去？"

南西没有回应，明丽也没有追问。

她们没有讲话，整车的人都没有讲话。唯一出声的，是巴士的引擎。

巴士开上高速公路后，加速前进。黑暗中看不到高速公路，和她们的出口。

2

星期六早晨，明丽被旅馆厕所传来的声音吵醒。她爬起床，看到南西在浴室。

"你不是要去跑步吗？"明丽问。

"已经跑完了啦！"

"几点了？"

"十点多了。"

南西光着身子，坐在木头板凳上，冰敷着膝盖和大腿内侧。明丽坐在马桶上，面朝着她。

这个相对位置，是友谊的证明。

温泉水流进旁边的浴池，热气缓缓上升。热气和窗外的小雨，让浴池旁的窗一片朦胧。

明丽欣赏南西的身材，赞叹说："你是怎么练的？"

"情伤加马拉松。"说完，南西拿着装着冰块的塑胶袋去冰明丽的小腿。

"喂！"明丽大叫。

"这样就受不了啦？"南西去冰明丽另一条腿，明丽用手拨开。冰块和笑声，洒了一地。

南西站起身，慢慢走进浴池。她躺下，只有头浮在水面。

"一冷一热的感觉怎么样？"明丽问。

"跟男人给我的感觉一样。"

"这样不是自找麻烦？"

"不会，好舒服……赶快进来。"

明丽从马桶上站起来，擦拭干净，脱掉内衣，走进浴池。

"好脏喔！也不先冲一下。"南西抗议。

"你嫌我？我还嫌你呢！是谁刚才满身大汗啊？"

明丽踏进浴池。

"烫死了！"明丽立刻转开冷水。

"你开冷水，水就不纯了，你要让热水慢慢变凉啦！"

"这么烫你怎么受得了？"

明丽在冷水出水口坐下，两人面对面，四腿交错，坐在小小的浴池中。

"你看！"南西指着明丽腹部，"你的'游泳圈'已经出来了。"

明丽泼水，挡住南西的视线。

"还不赶快运动！"

"运动也没用啦！"

"男人看到这个，可能会临阵脱逃。"

"男人不用看到这个，就临阵脱逃了。"

"上次去花莲的那个牙医怎么样？"

"回来后就失联了。"明丽说，"他好像在看蛀牙，很久不联络，突然想到就敲敲看，看你痛不痛。"

"这种男人很多！他们不知道自己要什么，把你搞得团团转。若是我，我就直接问他：你到底是什么毛病，要不要讲清楚？不然滚远点，不要浪费老娘时间。"

南西说起明丽的问题，多了三分自信。

"那要不要我帮你问你男友：你到底是什么毛病？"

"我自己问过。"南西说。

"他怎么说？"

"他说：'我有病。'"

"他自己都承认有病，你还跟他在一起？"

南西没有回应。热气缓缓上升。

"是啊……我也有病……"南西说。

在水中，明丽伸出脚，用她的大拇指，夹住南西的大拇指，"没关系，听说温泉治百病。"

"我跟他什么都做过，但我们没有这样泡过温泉……"

南西闭上眼，从她眼眶中流下来的，不知是泉水，还是泪水。

3

下班后有南西，上班时有 Jenny。明丽单身，却不孤单。

礼拜一快下班时，Jenny 传讯息给她：

"礼拜六我生日，来我的趴，认识小鲜肉。"

明丽转头看她，她眨眼。

"谢了！上次在 speed dating 领教过了。"

"来啦！待个十分钟，认识一下我朋友，吃块蛋糕。"

星期六晚上九点，Jenny 包下一间夜店。

　　明丽一走进，就看到她在吧台后调酒。她穿着宽大的针织毛衣，斜戴着帽子，手腕上一串饰品，跟着 rap 的节奏摇摆。这不只是一个生日 party，这是青春的示威游行。

　　"你终于来了……"Jenny 从吧台后跑出来，热情地拥抱明丽。

　　"你好时髦！"明丽赞叹。

　　"你现在知道我在公司多压抑了吧！"

　　音乐很大声，淹没了她们的谈话。明丽大叫："什么歌？"

　　"Empire State of Mind。"

　　"好像在念经。"

　　"别土了！ Jay-Z 和 Alicia Keys 耶！"

　　在这个场合，明丽真的很土。她拿着鸡尾酒环顾四周，客人都是 Jenny 的年纪，而且都意识到自己的年轻。有型的五官，潮流的装扮，个子都很高，身材都很好。男生的胡子剪得比头发还细腻，女生的头发染成鸡尾酒的颜色。

　　他们围成一圈圈交谈，像一座座海滩的碉堡。明丽不断环绕，无法登陆。

　　他们随着 Jay-Z 的饶舌轻轻摇晃，没有商量，却自然形成一道一道好看的波浪。明丽再怎么摇，也摇不出那种线条。

　　"现在年轻人都好有型！"一名男子走到明丽身旁。

　　明丽转过头，松了一口气。终于有一个年纪比较大的客人。头发白了一大半，像理查·基尔。

　　但她立刻紧绷起来，她想起这白发男是谁了。

　　"是啊，"她故作轻松，"一代比一代强，人类进化的证明！"

她没想到 Jenny 会请他。

"你怎么认识 Jenny？"男子问。

"我是她公司同事。你呢？"

"我是她朋友。"男子轻描淡写。

如果明丽在这场合像壁花，那这男子就像墙壁中长出的钉子一样突兀。

"喔……"明丽问，"你们怎么认识的？"

"在朋友的生日上认识的。"

明丽表面客气，心里瞧不起，于是逗他："Jenny 好可爱。"

"对啊！"男子说。

"公司很多人追她，她都不理。"

"为什么？"

"她说她只喜欢比她小的。她说姐弟恋比较符合生物原则。"

"她说说而已吧。"白发男指着角落，"你看，她男朋友不是跟她差不多？"

"她男友在哪儿？"明丽被反将一军，果然看到 Jenny 男友被围在一群宅男中。

"你怎么知道那是她男友？"明丽问。

"刚刚 Jenny 介绍的。"

明丽看着吧台后的 Jenny，Jenny 对她回以微笑。

啊……Jenny，你胆子好大！

"不过你讲的也没错，搞不好 Jenny 真的喜欢姐弟恋，她男友感觉像个小孩。"

"我去跟他打个招呼。"明丽趁机脱身。

Jenny 的男友 Jimmy 正在跟其他几个男生聊天，明丽插进去。

"嗨，我是 Jenny 的同事，明丽。"

"喔，明丽姐，好久不见。"

"最近好吗？"明丽问。

"不错啊！"

"工作还好？"

"还好。"

"你们是同事？"

"对啊，我们都是同事。"

果然是工程师！说话像电脑程式，毫无赘字。

"你们也是工程师？"明丽问旁边的男生。

"是啊！不过我们在不同部门。"

"你口音好特别……"

"我是马来西亚侨生。"

"喔，马来西亚很好玩。我一直想去兰卡威，你去过吗？"

"没有。"

"明丽姐也没去过吗？"Jimmy 问。

"没机会去，一直想去。"

"Jenny 不是说你们公司出差去过？"

糟了……

"喔……那次！没错，没错……那次我没参加！"

明丽看着 Jimmy，试着透过他的眼镜看出他是否相信。是他眼镜太厚，还是他隐藏得太好？她看不出来。

也许他不只是一个宅男工程师。

她转头看 Jenny，明亮的她依然招呼着不断涌进的新客人。如果只看动作，每一个刚走进来的男生，都像她男友。

明丽想圆场，转头跟 Jimmy 说："你们如果要去兰卡威，要揪我喔！我上次错过，下一次不能再错过了！"

她是如此刻意地、用力地，想要把掉进滚水里破掉的饺子，重新包起。

她离开 Jimmy，转头走向 Jenny："生日快乐！我要走了。"

"这么早？还没切蛋糕咧！急什么？"

"明天还要早起！"

"少来，明天是星期天。"

"好啦，是年纪大了，明天自然会早起，所以今晚要早一点睡。"

"那你晚一点睡，明天不是自然晚起了吗？"

"那礼拜一就会睡过头了啊！"

"怕什么！我给你 morning call ！"

不顾 Jenny 挽留，明丽笑笑走了。

走到夜店外，向地铁站走去。

"哈啰！"

一个男人叫她，她转过身……

是那个白发大叔。

"你要走了？"

"是啊！"

"要不要我送你一程？我车在那儿，你住哪里？"

他一副明丽已经答应了似的样子，径自往停车场走去。

"不用了，我家很近！"

"就是近才送，远就不送了。"

好，我看你有什么招！

她坐上他的车。

"你喜欢听什么音乐？爵士、古典？"

明丽故意为难："我喜欢黄梅调。"

"我没有黄梅调，不然我唱给你听。"

明丽笑。

"《戏凤》好不好？"

"不用了！"明丽说，"你常送女生回家？"

"我从小就喜欢送女生回家。小时候，我陪女生搭公车，还请司机剪我的票。我都先搭到女生家，陪她走到门口，然后再回头坐车回家。回一次家，要剪三格票。你记得我们小时候的票是一张硬纸，一格一格的吧？"

"那是你们那个年代吧。"

"谈起年代，哇，刚才那些 Jenny 的朋友都好年轻！"

"是啊！你好像很喜欢跟年轻人在一起。"

"谁说的？要不是夜店老板是我朋友，我才不会来呢！"

"你是来看老板的？"

"我是来付钱的。"

"哇，Jenny 办生日还有赞助商？"

"没那么严重，大家同乐，大家同乐。"

"你跟 Jenny 怎么认识的？"

"你刚才不是问过了吗？我说是在朋友的生日上认识的。"

"你好像很会在生日宴会上认识朋友，先是 Jenny，然后是我。"

"喔？我们是朋友了吗？"

车子在红灯停下，大叔转过头来凝视明丽。

"Jenny 说，你们一起出国去玩？"

大叔停顿了一下，打量明丽知道多少，他该说多少。

"是啊！"

"你不觉得 Jenny 对你来说太年轻了？"

"是啊！"大叔说，"我比较喜欢像你这样的女生。你结婚了吗？"

他语调诚恳，好像他只是问她今晚的天气。

"'我这样的女生'是怎样的女生？"

"可以讲话的。"

"你怎么知道我可以跟你讲话？我们又没讲几句话。"

"感觉吧。"

"你老婆不能跟你讲话？"

"我老婆可以跟我讲话。刚才我出门前，她要我记得带钥匙，她不会等门。"

明丽惊讶！Jenny 不是说他离婚了！

"你跟你老婆还住一起？"

"老公跟老婆住一起很奇怪吗？"

"你不是离婚了吗？"

"不要咒我好不好！"

明丽脸色慢慢僵硬。

"你看起来有点生气。"

"当然。有妇之夫，带可以当你女儿的 Jenny 出国，这样对吗？"

"哇，你看起来很时髦，观念还挺保守的。"

"你老婆知道你跟 Jenny 出国吗？"

"我当然不会告诉她！但就算她知道也没关系，我和 Jenny 又没怎样。"

"谁相信呢？"

"你不信，要不要试试？待会儿我到你家喝杯咖啡，我们聊聊，但什么事都不会发生。"

哇……你厉害！

"你看，你不敢，其实是你心里有鬼。"

"我不介意，可是我怕我爸会不高兴。"

"你跟爸妈住？"

"女儿跟爸妈住一起很奇怪吗？"

"不奇怪。但你看起来像会搬出来的女生。"

"那你看错了！我爸管很严，不许我带朋友回家。"

"我们可以去别的地方。"

"别的地方？干吗，害怕看到我爸？你不擅长跟平辈打交道？"

"不会啊。我好奇你会怎么介绍我。"

"就说你是我老师吧。"

"老师？听起来不错。我没当过老师耶，要不要试试？"

明丽停顿一下。

"不要装了，其实你一个人住。"他说。

"你不把我爸当人，他会生气喔。"

"你看起来就不像是乖乖住在家里的女生。"

"我做风险控管，我最乖了。"

"就是因为你做风险控管，所以我觉得你不乖。"

"怎么说？"

"白天压抑，晚上就要反弹嘛！"

"那你白天一定很压抑啰？"

明丽没让他开到家门口，她在巷口就叫他停车。

"你不想让我知道你住哪儿？"

"我们家巷子小，你这大车进不来。"

"我可以再约你吗？"

"你为什么要约我？"

"我刚才不是说了？我喜欢像你这样的女生，可以讲话。"

"可是我对讲话没兴趣耶！"

"那我们也可以不讲话，做别的事……"

"比如说一起去健检吗？"

"好啊，我好几年没去健检了！"

"那你要赶快去，你这年纪……"

"我们一起去？"

"可惜我今年才刚做过。"

"你有做正子扫描吗？我听说那一定要做，但一般健检都没有。"

"我这个年纪还不需要吧。而且那么贵。"

"没关系，我出钱。"

"你真的很喜欢当赞助商耶！"

"小事。能用钱买到的都是小事。"

"可惜我是大事！"

明丽笑笑，打开车门，用力甩上。

"代我跟你爸问好！"他打开车窗，还想将她一军。

"如果我爸想做正子扫描，我再请你赞助。"

"好啊！这有我的电话。"

她收下他的名片，站在原地不动。他很识相，把车开走。

她深呼吸……这段对话让她窒息。

开门、开灯、进家、脱鞋，简单的四个动作，她却觉得很累。

刚才派对上那首念经歌叫什么？ *Empire State of Mind* ？

她倒在沙发上，放出这首歌……

她完全听不懂 Jay-Z 的饶舌，但喜欢 Alicia Keys 唱的副歌……

"星期六晚上在忙什么？"

徐组长传讯息来。

像看到一个救生圈，她跳进去。

"你听过这首歌吗？"她把 YouTube 链接传去。

"Jay–Z 嘛。这首得了格莱美奖。"

"哇！你听饶舌歌？"

"我哪会听！但我们学校有热舞社。"

他传来另一个链接："听听这首。Jay–Z 和 Kayne West 合作的。"

"'巴黎的……'？"

"《巴黎的黑人》。"

"唱什么？"

"我只听得懂最后一句：'我在我的地盘。'"

"什么意思？"

"同学讲了半天我也没听懂。"

"为什么没听懂？"

"因为他们边讲边比黑人的手势，yo 啊 yo 的，我看得眼花缭乱。最好只好跟他们说：'我知道你在你的地盘，但你现在应该回到你的教室！'"

他又让她笑了。

4

不知为什么，第二天很早就醒来，照理说，星期天她是很能睡的。

她打开电炉，烧热水准备煮蛋。打开冰箱，拿出奇异果和蛋。

她刷牙洗脸，回到厨房。水开了，然后她把奇异果丢进沸水中。

她过了几秒钟才反应过来，本能地伸手去抓奇异果，但被沸腾的水逼退。

蛋坐在流理台上，幸灾乐祸地看着。

整个早上，她都坐在电脑前。十点多，饿了，呼叫微信上的美食群组：

"有没有人要吃早午餐？"

两个小时过了，群组中十几个人，没人回复。

她走到巷口的自助餐店，随便挑了几个菜。回家吃时，手机响了。

"在台中，下午回来！晚餐好不好？"

是阿成。

四月从新竹回来后，他们一直没联络。阿成像感冒，每隔一阵子，当她身心俱疲时，就悄悄来袭。

阿成的回复似乎叫醒了群组中的其他人。几分钟内，其他人纷纷回：

"带女儿上才艺。"

"老公出差，小孩发烧。"

"在东京。"

十几个人的群组，只有一个已婚的男人有空。

她没有立刻回复。星期天的晚上，跟阿成去晚餐，吃完后会怎么样呢？

下午，她在电脑前打瞌睡，便到卧房去躺。醒来一看，五点半！

一天就这样过了！去健身房吧！

她坐上地铁，进车厢后，走到另一边的门前，站在灭火器旁边。她看着玻璃门上"小心夹手"的贴纸。

"请家长留意小孩的手勿放在门上，避免夹伤。"

她松了一口气，至少我没有这种烦恼。

但高兴不到几秒钟，她就被"夹"到了。被"夹"到的不是手，而是视线。

隔了几排，一对情侣面对她的方向，在打瞌睡。女生的头陷进旁边男生的脖子和肩膀，男生的头仰天摇晃。

她下了车。月台对面有一对等车的情侣，坐在椅子上，看着同一个手机荧幕。她走近偷瞄一眼，是一场篮球赛。

她走出地铁，经过站外的日本服饰店。女生拿起衣服往自己的身上比，旁边的男生看着她。

一对情侣从她身旁走过。两只牵着的手前后摇动，不时放开，拍彼此的手掌。

明丽把手插进口袋。

健身房有很多训练扭转的机器，但她的落寞，是被一名中年女子扭转的。

　　中年女子头发灰白，但体态完美。穿着贴身的运动衣裤，稳定地在跑步机上跑。若不是白发，她的背影看起来只有二十岁。

　　她没戴耳机，没看电视，没看镜子，没看别人，也没有小动作邀请别人看她。

　　她专心地跑，仿佛跟跑步机的履带聊得很投机。

　　明丽站上那名女子背后的跑步机，跟着她跑……

　　头发摆动，心跳加快，汗水滴下，慢慢地，她忘记自己在跑步……

　　慢慢地，她忘记自己"一个人"在跑步……

　　她没想到，陌生人给你的安慰，有时比爱人更多。

　　她从健身房出来时，已经七点半了。阿成在群组中又发了好几个讯息：

　　"明丽，要吃饭吗？"

　　"我在宁夏夜市，来吃猪肝汤吧！"

　　其他人纷纷附和：

　　"猪肝汤好吃！"

　　"蚵仔煎也不错喔！"

　　"一定要去现捞海产那一摊！"

　　"吃完再去吃老店'滋养'的甜点。"

　　"明丽有口福了！"

　　他们不知道阿成和她的关系。

　　她似乎希望他们知道。

　　"宁夏夜市好喔！好久没去了！"明丽在群组中回复，"你老婆也来了吗？我可不要当电灯泡！"

"我老婆去新竹了。"

明丽苦笑，这比天色还黑的幽默。

"好，半小时，民生西路的入口见！"

她等红灯，远远看到阿成站在蓬莱国小的门口。他也在同一时间看到了她，远远地跟她挥手。

她的手机响起，是对街的阿成，她接起。

"你很无聊耶！"明丽骂。

"你再不来，我光猪肝汤就吃饱了！"

"怎么不等我？"

"没关系，我可以吃第三碗！"

入夜后的宁夏夜市很热闹，她和阿成站在猪肝汤的摊位前等待。

"最近有碰到好男人吗？"

"有的话星期天晚上还会跟你一起吃夜市？"

"上次那个小周有跟你联络吗？"

"哪个小周？"

"洗牙的那个啊！"

"喔，那个不吃麸质的？"明丽想起，似乎是多年前的往事，"当然没有。"

"别难过。后来他也没跟我联络。"

"那你呢？最近有碰到好老婆吗？"

"我老婆最近真的变好了。不跟我吵架了。"

"那是好事啊。你做了什么事？"

"我都等她睡着了才回家。"

"那她第二天早上不会跟你吵架吗？"

"我赖床啊！"

"这是什么婚姻？"

"不只是我好不好。这边很多人，包括这些正在吃猪肝汤的，搞不好都是这样。所以离婚率才这么高啊！"

"那你们为什么不离？"

"为了孩子啊！"

"这种家庭，能给孩子幸福吗？"

"总比单亲好吧！"阿成说，"现在有爷爷、奶奶、外公、外婆帮忙带。离了之后，只剩下我一个人了啊！"

"是三个！你、你爸、你妈！这还是假设孩子归你。"

"总之会变得更累！"

"所以婚姻只是你的托儿所？"

"差不多。呵呵，这样你还敢结婚吗？"

"我当然敢，只是不敢'跟你'结婚！"

"没关系，我们不必结婚，我觉得我们现在这样也很好……"

我们现在是怎样？明丽想问，但没说。我们又不是夫妻，干吗吵架呢？

摊位上一个客人走了，他们往前走，坐下。

猪肝汤的摊位，看店的是一对中年男女，明丽猜他们是老板和老板娘。两人你来我往、动作干净利落，但面无表情、毫不交谈。

这也是一种婚姻。

吃完猪肝汤，他们走到对面的蚵仔煎大王。

"要等吗？"阿成问。

"算了！"

他们走向现捞海产那一摊，远远就看见队伍很长。

"那我们去吃现捞海产吧！"阿成说。

"队伍很长，看起来好像要等很久……"

"我是说，不管那一摊了，我们直接去龟山岛吃现捞海产。"

明丽转头看着他，悠悠地问："你今天该不会又是骑重机吧？"

"你怎么知道？"

"打死我也不要。"

"为什么？"

"现在骑到龟山，只能看日出了！"

"哪儿会啊！"

"重机和排队……"明丽假装陷入挣扎，"我选排队。"

"你很不浪漫耶！"

"我们之间，不用这么浪漫。"

阿成乖乖走进队伍。

"如果最近跟老婆关系紧张，就乖一点。吃完早点回家，不要搞太晚。"明丽说，"没重要的事，也不要打电话给我，她看到了会不高兴。"

"我没有打电话给你啊！"

"什么意思？"

"我都打给明雄！"

"谁是明雄？"

"你就是明雄啊！"

"我是明雄？"

阿成拿出手机，在联络人中找到"明雄"，然后拨号……

明丽的手机在包包中响起。

"你在我手机里叫明雄。"阿成宣布，"我连你的职业都想好了。如果老婆问我为什么打了这么多电话给明雄，我就说你是我的保险经纪人。"

"保险经纪人？"

"我喜欢骑重机，你帮我加保。"

她突然感到一阵恶心，像是食物中毒。而阿成炫耀的语气，更令她反胃。

她完全失去胃口，掉过头，往前走。

"你干吗？"阿成问。

"明丽，你去哪儿？"阿成追到她面前。

"你认错人了！你应该叫我明雄！"

她继续往前走，很粗鲁地撞开夜市的人潮。

"不要这样嘛！"阿成拉住她。

她用力甩开。

"陈明丽！"阿成大叫。

"你跟着我干吗？"明丽的声音像洋芋片一样碎开，"你要买保险吗?"

"那天在新竹,你为什么把我推开?"阿成质问。

再一次,阿成在大庭广众前,逼她摊牌。

她想起那年跟阿成去东京,闹僵之前马路上的警告标语:"合流注意"。

她没有回答,阿成逼问:"既然最后要把我推开,为什么要跟我去?你玩我啊?"

明丽内心,像夜市一样喧哗。但有一个答案,却非常清晰。

"我跟你去,是因为我爱你。我把你推开,是因为我不想一辈子被叫'明雄'。"

说完,她继续走,就这样一直走下去,穿过夜市的人潮,穿过明雄,穿过自己⋯⋯

NOVEMBER

十一月

1

十一月的台北，还像夏天。艳阳还在坐庄，明丽卑微地戴上墨镜。

星期一下班后，世杰打电话来。七月从花莲回来，他就没消息了。显然明丽问他的问题，他没有答案。

她接起。

"一群朋友星期天早上想去乌来山上走走，想不想去？"

你还是要找我去晒太阳！

"我知道你不喜欢晒太阳，所以到了十一月才敢找你。"

好聪明的理由！

"好啊！好久没去乌来了。"

"我来接你。"

你的车不是被开走了？

"不用麻烦，告诉我集合时间地点就好。"

"不麻烦，我还要接其他朋友。"

当天一早，她在巷口等待。

"要不要帮你们买饭团？"明丽发讯息。

"我们都吃过了。"

车来了，她开后车门，两人已坐在后座。

"嗨，明丽！"世杰转过身跟她打招呼，"这是我的好朋友，国青、美华。"

"嗨，明丽！"国青、美华对她挥手。

"你坐前座吧！"

明丽瞄到美华的装备：护膝、登山杖、登山鞋。

"糟了，我什么都没带。"

"不需要带，只是走路而已。"美华说，"是我太弱，需要额外保护。"

车上了快速道路，往新店开去。

"你们爬山爬很久了吗？"明丽问。

"五年多了吧……"国青说。

"这么久！"明丽说，"你们怎么认识的？"

"国青是我大学同学。"世杰说。

"你也是牙医！"

"是啊。我们大学就一起参加登山社。"

"天啊，这是专业团队！我不敢去了。"

"没关系，我陪你。"美华说。

"你和国青是怎么认识的？"

"朋友介绍。"

"真的啊！"

"怎么这么惊讶?"

"很少听说朋友介绍的最后会成的。"

"我很多朋友都是靠介绍而结婚的。"

"幸福吗?"

"我们是很幸福啊!"国青宣示,"等一下,你觉得幸福吗?"

"还有努力的空间!"美华假装不满。

"一定有很多人帮你介绍吧?"美华问。

"从来没成。"

"哎呀,明丽太挑了啦!"世杰说。

"说单身的人太挑,其实太简化了。"美华说,"我每个单身的朋友,都有单身的原因。外人无法了解,跟他们也讲不清。"

我想认识美华。

他们到了乌来,往内洞走。在路边停下,走上"信贤步道吊桥"。

明丽站在略微摇晃的木桥上,看着远方山上浓密的树,和河床上稀疏的岩石。

"水好清澈喔!"美华指着桥下。

"是啊!"明丽回应。

"找一天到下面露营!"国青说。

"夜里一定很美!"世杰回应。

他们开始走"信贤步道"。右边是木栅栏,左边是树和杂草。走了几步,一阵凉意传来,是个小瀑布。国青兴奋地脱了鞋,走进清澈的水中。世杰帮他拍照,国青朝世杰身上洒水。

"真幼稚!"明丽和美华自顾自地往前走。

"世杰说你在银行工作?"美华说。

"是啊。"明丽说。

"我以前也在这一行,搞不好有一些共同的朋友!"

"真的?你现在在哪家公司?"

"现在在家里上班。"

"哪家公司那么好,让你在家上班?"

"没有公司了。现在专心照顾小孩。"

"几个了?"

"两个。双胞胎。"

"运气怎么这么好!"

"我们做试管,很容易就有两三个。"

"这是好事啊!"

"你想有小孩吗?"

"以前不想,现在想了。"

"我们当初也是这样。"美华笑,"想要孩子要趁早,年纪大了,生或养都很累。我当初去看妇产科,医生给我一张台北市卫生局的传单,宣导孕妇唐氏综合征筛检,上面大大的字写着:'把握黄金生育期:25—34岁'!"

"完了,那我已经不黄金了!"

"没关系,银的、铜的都行,但要有心理准备,会比较折腾。"

美华的电话响起。

"你看,说着说着电话就来了!不好意思,接一下我妈的电话。"

美华接起电话，明丽往前走。

讲到生小孩，明丽刚好走过"大肚瀑布"。瀑布流过一大块平坦的岩石，像孕妇的大肚子。

阳光打在翠绿的树叶间，这位石头孕妇坐在树荫下乘凉，却依然满身大汗。

美华跟上来："小朋友在闹，我妈招架不住。"

"他们带孙子，一定很开心！"

"哪有！老人家现在都想过自己的生活。你把孩子丢给他们，他们还嫌烦哩！"

"那只有靠自己啰？"

"只有靠自己！"美华说，"所以还是早一点生好。"

"你是几岁生的。"

"三十七。"

如果我今天怀孕，不也就是三十七岁生？

"三十五岁之前，我们也不想生。说好要过两个人的日子，到全世界露营。可是一到了三十五岁，突然很想怀孕，可能是荷尔蒙吧。女人到了某个年纪，似乎就想当妈。"

"我有同感！"明丽附和，"三十七岁怀孕会不会很辛苦？"

"跟露营差不多！"美华笑。

"晚上都睡不好？"

"其实别说怀孕了，受孕就够麻烦了。光是打排卵针就够受了。水肿、恶心、肚子胀，通通都来！"

"没关系，我已经水肿了！"明丽笑。

"不过不用担心啦，现在人工受孕很普遍，我好几个朋友都三十七八才生。"

她们继续往前走，右手边出现一个小操场，茂密的草地上有一个双杠。

"这好像是一间学校。"明丽说。

多走几步后，木门上出现"种籽亲子实小"的招牌。

"这么小的学校，真可爱！"明丽说。

"现在大家都不生，小学都变小了。"

走着走着，看到地上一只黑色的毛毛虫。

"好可爱喔！"明丽欢呼，拿起手机拍。

"你一定是个好妈妈！"

"为什么？"

"如果一只毛毛虫都让你这么开心，别说小孩了。"

"未必喔！我开心，是因为我拍张照就走了，不必养它。"

"哈哈！"美华点头，"对啊，养孩子不容易，你看我们还要靠爸妈。"

拍完照，转头看世杰和国青，两人还落在后面。

"现在有对象吗？"美华问。

"没有稳定的。"

"有不稳定的？"

"都不稳定。"

"你跟世杰交往过吗？"

"不算是。"

"世杰的感情也不顺，跟女友分分合合，纠缠了好多年。"

"是把他车开走的那个？"

"你也知道？最近又开回来了。"

"最近又开回来了？"

"最近又开回来了。"

"那他怎么还找我爬山？"

"你在他心中，应该有个特别的位置。"

明丽笑。

我该觉得荣幸？还是惋惜？

"国青还有朋友单身，叫他帮你介绍？"

"不用了！"

"当初别人要介绍我和国青，我的反应跟你一样。但我们认识后，半年就结婚了。"

"国青这么积极？"

"是我积极！"美华说，"国青很被动。"

"现在男生都很被动。"

"这几年当爸爸后，要逗孩子，他才变得比较会跟人相处，以前只会跟牙齿打交道。我约他时，写了一长串 E-mail。他回答就一个字，'好'，好像在批公文一样。"

"其实这样也蛮可爱的。"

"就像那个！"美华指着右手边的水力发电厂。

"水库？"

"发电厂。"美华说,"现在很多男生都跟国青一样,跟他们在一起,你自己要当发电厂。"

明丽笑了。

"我妈说的更传神,当年国青第一次来我家吃饭,整晚只讲了五句话。我妈说,他像个厚皮柠檬,很难挤出果汁。"

"要靠榨汁机。"

"没错。所以女人要当电厂,还要当榨汁机。"

"哇,好累!"

国青和世杰赶上了她们。

"走这么快干吗?说悄悄话啊?"世杰说。

美华说:"说你们坏话啦!"

"我们有什么坏话好说?"国青看着明丽。

"多着嘞!"

他们一起走,一旁的摊贩刚好在卖柠檬汁。

"这边有卖柠檬汁耶?"明丽和美华相视一笑。

"想喝柠檬汁吗?"美华问国青。

国青摇头。

"世杰呢?"美华问。

"对牙齿不好,我不喝。"世杰说。

明丽和美华,不约而同地笑出来。那一刻,她们突然成了多年的老友。

他们买了票,走向内洞的大瀑布。

走上桥,制式地合照。明丽看着眼前的瀑布,然后注意到左边一名女子，独自坐在凉亭中看书。

"她好自在喔！"世杰凑到她旁边，同样看着那名女子，"跟你一样。"

"我？"明丽问。

"你看起来很自在，好像不需要别人！"

"你牙齿好，但眼睛真的有问题。"

桥上风大，她拨开飘到脸上的头发。

"我们自拍？"世杰问。

"好啊！"

在内洞桥上，瀑布之前，风吹着他们两人的头发和衣服，他们按下第一张自拍。

"你看，很好啊！"

明丽看："我又胖了！"

"不会啊，你很自在！"世杰说，"是心宽体胖吗？"他玩笑的口吻回来了。

明丽抬起头，看到一名男子走到凉亭里那名"自在"女子的身旁坐下。原来，他们是一起来的。

"他们好配。"明丽说，"这画面很美，可以取名叫'瀑布下的情侣'。"

"你怎么知道不是'瀑布下的情妇'？"

"第三者的表情不是那样！"

"你怎么知道？"

"连续剧有演啊！"

明丽当然知道第三者的表情，但不是因为看连续剧。

2

乌来天气多变，下山时下起雨，大家都淋湿了。

世杰先送国青和美华回家。

"下次再一起爬山喔！"美华下车前，从后座伸手过来拍她的肩膀。是再见，也是鼓励。

然后就剩下她和世杰了。突然间，车内的温度降低。

"衣服湿了？"世杰问。

"嗯。"明丽点头。

"没关系，一会儿就到家了。"

往明丽家开去，两人沉默了一会儿，世杰突然说："我一直在想你在台北车站问我的问题。"

明丽听。

"面对你，我没什么自信。"

"怎么会？当年你还跟我搭讪。"

"那不一样，那只是跟陌生人说话而已……"

明丽点头。

"我喜欢你，但也怕你。"

"怕什么？"

"你聪明，充满变数，而我需要安全感。"

"你误会我了。"

"我选择当牙医，就是因为牙齿只有三十二颗，没有变数。"

"人生怎么可能没有变数？"

"我可以选择我要的人生。"

"那你干吗约我去花莲？"

"想看你变了没。"

明丽笑："我变了！变本加厉了！"

"不！你变了，变本加'丽'了，美丽的丽。"

"那是错觉，你那天喝多了。"

"你也变得柔软了。"

"很少有人用柔软形容我。"

"我很久没有见到你，我的感觉最准。"

明丽回想，然后说："狮子爱上了羔羊？"

"什么？"

"记得《暮光之城》吗？男主角说：狮子爱上了羔羊。"

"哇，那电影有十年了吧？我们认识那么久了？"世杰点头，"你是狮子，我是羔羊。"

"也许你才是狮子，我才是羔羊……"

"为什么？"

"其实形容我们的歌，不是陈奕迅的《十年》，而是他的《爱情转移》。"

"那首我喜欢。为什么这是我们的歌？"

世杰问，世杰想……

　　然后他自己说："'享受过提心吊胆，才拒绝做爱情代罪的羔羊'？"

　　明丽笑。

　　"其实我也是羔羊。"世杰说。

　　"怎么说？"

　　"她开我的车，常超速，我到现在还在替她缴罚单！"

　　车开到明丽家巷口。

　　"谢谢你找我出来爬山！你如果不找我，我一定在家睡一个早上。"

　　"下次再约？我可以来接你。"

　　"你前女友回来了？"

　　"对。"

　　"她觉得自己是狮子还是羔羊？"

　　"我回去问问她。"

　　明丽笑。

　　她打开车门，世杰说："我的衣服湿了，可不可以到你家，借你的烘衣机用一下？"

　　"什么？"

　　"你家有烘衣机吧？我到你家借你的烘衣机用一下。"

　　明丽没有回应。

　　她想起那个梦……

　　她有责任，不让世杰再卷入任何变数。

DECEMBER

十二月

1

是因为乌来的雨吗？她感冒了。

每次狂咳，喉咙翻箱倒柜，要把胸腔里的东西都倒出来。

"看到这则新闻吗？"

Jenny 在媒体上看到公司裁员的新闻，在微信上敲明丽。

"终于发生了。"明丽回。

"难怪这几天气氛怪怪的。我还以为只是天气冷。"

"不要想太多。"

"有钱没钱，裁些员工好过年！"

"哈！"

"如果被裁，你有什么打算？"

"那我就去结婚啰！"明丽咳了两声。

"有对象？"

"还没有。"

"如果被裁，你有什么打算？"明丽反问。

"我还真的想去结婚哩！"

中午明丽一个人去买自助餐。感冒加裁员，食欲特别差。

"如果被裁，你有什么打算？"

这是好问题，她从来没想过。

她边嚼高丽菜边想，她在这公司五年，表现一直很好，老板也很喜欢她，应该不会被裁吧。只不过这种事，谁知道呢？搞不好连老板都会被裁。

她拿出手机，搜寻通讯录，还好，那几个猎头公司的人的电话还在。回去，该把履历表更新一下了。

"公司在裁员，有点烦。"明丽传讯息给徐组长。

"想被裁吗？"

"怎么会有人想被裁？"

"我每天都想被裁，但公家机关不裁员。"

"那你可以辞职啊。"

"不敢辞。"

"为什么？"

"记得《巴黎的黑人》吗？'我在我的地盘'。"

明丽给他一个笑脸符号。是的，这地盘太舒适了。

"人都需要外力，才会真正改变。"他写，"祝你被裁！"

但她是人，还是会怕。回去的路很短，走起来特别漫长。她几乎不敢回公司，怕回去后老板会在电梯外拦住她，说要私底下跟她谈一谈，请她进办公室，关上门，告诉她坏消息。

她害怕被裁，原因不只是失去这份收入，而是如果被裁，她就必须真正改变。

　　她回到公司，电梯门打开，没看见老板。她刷卡走进玻璃门，老板没有找她。她刻意经过老板办公室，老板不在。

　　她回到座位。短信响起：

　　"我约了一些朋友，十二月十二号那个周末去京都看枫叶，你有空吗？"

　　是阿川。

　　"你怎么这么闲？"她咳嗽，打起精神回复。

　　"不闲。就一个周末，快去快回。来吧！"

　　"最近公司在裁员，不敢离开。"

　　"裁员？那更要去，把没休的假休一休。"

　　"你是老板，说得轻松。"

　　"周末有什么关系？难不成老板会在假日裁掉你？"

　　京都、枫叶，实在不是她现在在乎的事。

　　晚上跟三个大学同学吃饭。二月她生日后，大半年没见了。四个人的时间难约，明丽只好抱病参加。

　　她们约在……母校校园。

　　她们四个女生是大学室友。毕业后大家工作、出国、结婚，走向不同的路。如今两个已婚，一个离婚，明丽单身。如果把当年大学的照片跟今天的相比，都看得出年纪。

　　她重视这个聚会，很早就到了校园。很久没回学校，很多新大楼都认不出来了。

　　但校园的感觉永远熟悉。她经过一对学脚踏车的男女，女生紧张地坐在车上，双手紧握龙头，低着头，长发盖住了脸。男生扶她的肩膀，不耐烦地说："你右脚不要弯啊，打直！右脚！右脚啦！你左右不分啊！"

她想告诉男生，教女生骑车要有耐心。但她没有多事，从他们身旁走过。他们正在演出当年她演过的剧本，何必修改？不管情节好坏，他们都有权利用自己的节奏演完。

吃完饭，四个人在校园散步。

"多了好多新大楼！"明丽戴着口罩。

"显然多了很多有钱的校友。"

"应该是纳税人的钱吧！"

"你看那些练街舞的，穿着外套在地上滚，回去怎么洗啊！"

"你口气真的很妈妈耶！"

十二月的校园，晚上人不多。搭配黄色的灯光，仿佛时间还停留在当年她们读大学的时代。

"你看！"同学指向远方。

大楼门口的台阶上，昏暗的灯光前，男生弹着吉他，女生边唱边打拍子。

"那个女生好像当年的明丽喔！"

"真的！"

"我一直觉得当年留短发的明丽比较好看！"

"你在毕业晚会上唱的那首歌是什么？"

"哎哟，谁记得啊？"明丽说。

"我记得！戴佩妮的《怎样》！"

"天啊，你好可怕，还记得！"

"当时还是你男友帮你伴奏啊！那男的是不是电机系的？"

"我记得，是机械系的啦！头发长长的，很文青耶！现在还有联络吗？"

"早就没联络了。"明丽笑。

"Facebook 找一下，搞不好还单身！"

"神经病！"

"你不找我找了，我一直想嫁科技新贵！"

"明丽再唱一次啦！"

"唱什么？"

"《怎样》啊！"

"饶了我吧，我感冒耶！而且歌词都忘了！"

"少来！"

同学拿起手机，立刻上网查。

"你很无聊耶！"

然后吉他声就从同学的手机的 YouTube 中放出来，戴佩妮唱：

> 我这里天快要黑了，那里呢
>
> 我这里天气凉凉的，那里呢
>
> 我这里一切都变了，我变的懂事了
>
> 我又开始写日记了，而那你呢……

"跟现在的情境好搭喔！"放 YouTube 的同学叫。

是啊，明丽想，跟现在的情境好搭喔。在那几句歌声中，她看到那个机械系的男生，晚上坐在系馆楼梯上，跟她练歌。风吹来，她冷了。他把一只手臂从外套袖子抽出来，把外套绕到她身上，把她的手放进袖子，一件外套两个人穿。他留长发，风把发丝吹到她脸上。她喜欢用舌头，舔他发丝的味道。

当年他们是郎才女貌，羡煞姐妹淘。她为什么跟他分手？连她都不记得了。只记得毕业后他念研究所，她开始上班。两人的话题越来越少，旁边追求的人越来越多。商业界的话题多彩多姿，学校的他还在文青，就显得无趣了。她总不能永远清汤挂面，在冷风中唱戴佩妮的歌。

是啊，他今天在哪里？是不是变成科技新贵？结婚了吗？几个孩子了？我应该去 Facebook 上找找看。

顺便去找高中时那位素描男吧。他当初把我画得像观音，我要找他理论。你看，真被你说中了！我到今天还没结婚。

YouTube 上的歌唱到第二段，明丽拿下口罩，自然唱了起来。但她发声有些吃力，仿佛如今，已经很难捕捉歌中的情境……

　　　我这里天快要亮了，那里呢
　　　我这里天气很炎热，那里呢
　　　我这里一切都变了，我变的不哭了
　　　我把照片也收起了，而那你呢……

然后她们一起唱着副歌，明丽的声音没了，但嘴巴跟着动。四个当妈妈年纪的女生，一起走在十二月的大学校园。时间仁慈地暂停，注视着她们，给她们一首歌的时间……

> 如果我们现在还在一起会是怎样
>
> 我们是不是还是深爱着对方
>
> 像开始时那样，握着手就算天快亮
>
> 我们现在还在一起会是怎样
>
> 我们是不是还是隐瞒着对方
>
> 像结束时那样，明知道你没有错
>
> 还硬要我原谅……

2

　　明丽的老板失踪了几天，终于出现在办公室。他办公室的门深锁一整天，打开时，就是灾难。

　　"明丽，跟你聊一下。"

　　下班前，老板特别走到她的座位，客气地跟她说。

　　Jenny 和她交换眼神，她挤出微笑。这时候，她要做个好榜样。

　　老板匆匆往回走，她慢步跟上。短短几公尺的路，突然变得好漫长。她从小讨人喜欢，很少被骂，更别说被裁。

　　"麻烦把门关上。"老板说。

　　明丽回头关门。

"感冒好几天了吧？有没有去看医生？"

明丽点头。

"明丽，我不拐弯抹角了，你应该知道公司裁员的事。"

明丽点头。她的脸颊发热，脚颤抖着。

"总部要裁三十几个人，所以各部门都会裁人。"

这是在安慰我吗？

"我想先告诉你，我会请Jenny走，所以未来你的工作会更多。"

"Jenny？为什么？"

她并没有放松，只觉得错愕。

"裁人的考量很复杂，这是总经理亲自决定的名单，我就不多说了。"

"Jenny表现得不错啊！"

"这三十几个人都表现得不错。"

明丽低下头。

"还有……"老板说，"我也会走。"

"怎么会这样？"这次她更惊讶。

那惊讶也是一种形式的支持，老板点头致意。

"你走了我们怎么办？"

"你会没事的。我从不担心你的工作。"

"那你有什么打算？"

"我刚好休息一阵子。这些年，做得也太累了。孩子慢慢大了，刚好陪陪他们。"老板站起来，"你也别太拼，找时间休息。"

老板站起来，转身拿起身后一个塑胶袋，递给明丽。

"现榨的甘蔗汁，我咳嗽都喝这个。放到微波炉里热一下，热热喝很有效，你试试。"

明丽接过。她没有看过他这一面。

"谢谢！"她咳了一声，不知该说什么别的话。五年来，他们没有这种互动模式。

"结婚时，要请我喔！"老板说。

明丽点头。

她回到座位，Jenny 对她使眼色："还好吧？"

她不知该怎么用语言，或表情，回答。

她坐定后，Jenny 传微信给她。

"还好吧？"

"我没事。"

"确定？"

"确定。"

"他说什么？"

"他说'结婚时要请他'。"

"他找你进去说这个？"

明丽不知道，该不该告诉Jenny。

"我应该告诉你……"Jenny 说，"我会走。"

"什么意思？"

"他们会请我走。"

"不会吧……"

"我已经听到消息了。"

明丽没有立刻回复。她想起她们一起吃的午饭，去 speed dating，她的生日趴，她的工程师男友，那个可以当她爸的情人……

"为什么你这么冷静？"

"这没什么。这工作做三年，也够了。薪水这么低，再找别的工作也好。我条件这么好，还怕没人要？"

明丽给她一个微笑表情符号。

"我怕太多工作抢着要你，就像男人一样。"

"那我这次要好好选一个了。"

明丽不确定她讲的是工作，还是男人。

"以后就不能一起吃午饭了！"Jenny 说。

"以后一起吃晚饭。"

"我怕你太忙。"

"不忙了。"

"不忙了？"

"累了。"明丽说。

"这工作的确很累。"

"都累了。"

Jenny 走到明丽座位前，拿出手机，把她那可以变成手机架的护套拆下来，送给明丽：

"累的时候，休息一下，看看影片。"

明丽笑。

Jenny 把耳机的一端给明丽，自己戴上另一端，然后放出她生日派对上那首 Empire State of Mind，前奏的鼓声响起……

累了，都累了，明丽闭起眼睛……

那鼓声，让她想起高中刚加入乐队的自己。当年，她就是从这个节奏练起……

"我一直不懂歌名的意思。"明丽问。

"他是说，你要有纽约的心态。"

"在纽约，水泥丛林是梦想打造的，你可以成就任何事，毫无限制……"

"可是……"明丽说，"我们不住纽约。"

"所以他才说，这是一种心态。"

明丽三十六岁了，上班时间，坐在大银行的企业总部，暂时闭上眼睛，听一首饶舌歌。她听不懂歌词，但听得懂鼓声……

明丽又回到十七岁，上课时间，站在高中的体育馆，指导老师在她耳边轻声说：明丽，隔绝噪音，听自己，找到节奏，你有天分，你可以的……

3

那天下班，明丽一个人走在路上，感觉十二月更冷了。

她走到松山烟厂的广场，转头看 101 的灯光。101 真美，但她腻了。她想换个环境，于是传了一个讯息。

"京都团还可以报名吗?"

她不期待阿川立刻回复,但他立刻回复了,而且是用电话。

"别传来传去了,直接讲吧。"

她拿着手机,在广场坐下。

"京都团当然可以报名。但先声明,其他朋友都打退堂鼓,只剩下我,你介不介意只有我们两人?"

"我不介意。但你女友呢?"

"她也打退堂鼓。她要飞美国,不能去。"

"你告诉她我们是旅伴,如果她不介意,我当然 OK。"

"我不会告诉她。"

明丽沉默。

"我不是要骗她,跟你做什么偷鸡摸狗的事,要做早做了。只是事情交代得太清楚,有时反而会造成误会。"

"万一她发现了,不是更麻烦?"

"她怎么会发现?"

"搞不好飞机上的空姐看到我们,告诉她。"

"我从北京过去,你从台北过去,我们不会坐同一班飞机。"

"或是我们在京都旅馆,被她朋友撞见。"

"那我们可以住不同旅馆。"

"万一我们在京都的庙里,被她朋友撞见?"明丽开始逗他。

"枫叶季节京都的庙里人很多,碰到她朋友的几率太低了。"

"就是因为人多,才会碰到她朋友!万一她朋友也喜欢看枫叶?"

"那我只好矢口否认认识你。"

"这样有效吗？"

"应该是没效。不过如果连这个都要担心，就真的不能去了。"

"我当然不担心，你担心吗？"

"我不担心。你住我家，我跟她说了。她见过你，相信我们。"

"这么确定？"

"我们不会怎样啦。顶多是我骗你上床而已。"

明丽笑了！这是漫长的一天，她需要这个笑容来作结。

"那我们就京都车站见了。"阿川说。

"就这样？"明丽问。

"就这样。"

"我需要做什么？订房间？"

"我都订好了。你只要买张机票，我们在京都车站见。"

"就这么简单？"

"不然怎样？你要红地毯迎接吗？"

"不需要，这样很好！"

"京都你有特别想去的地方吗？"阿川问。

明丽看着101的灯光，慢慢说。

"只有一个地方。"

"什么地方？"

"一座庙。"

"京都到处都是庙。"

"这一座特别。"

"叫什么名字？"

"常寂光寺。"

4

明丽在京都降落。这是两年来她第一次出国是为了玩，而不是出差。机场没人举牌接机，吃饭没有公账可报，一切都得自己来，她反而觉得轻松。

她拿着旅游手册，依照书上的步骤，和隐约认得的汉字，在机场买车票，坐上 JR 火车。

"上火车了吗？"阿川短信问。

"刚上。"

"太好了！京都车站很大，我在门外广场等你。"

到了京都车站，穿过匆忙的人潮和嘈杂的日语，她看到阿川在广场上挥手。她竟情不自禁地向他跑去，仿佛他是思念已久的男友。

"糟了！我看到我女友的好友！"

明丽东张西望，看到阿川笑，才知道被骗了。

"走吧，我们先去旅馆放行李，然后去看夜樱。"

他们走了十分钟，在车站附近的商务旅馆 check in。阿川一间，明丽一间。

他们进了电梯，阿川说："你看了房间就知道，像衣柜。这么小的空间，无法偷情。"

"为什么？"

"很难翻来覆去。"

"有时候不需要翻来覆去，也可以达到目的……"

"喔……"阿川意味深长地回应。

他们放下行李，走回车站，搭上 100 号公车。

"我先警告你，清水寺人非常多！"

"那我们干吗去挤？"

"你第一次来京都，一定要去清水寺一趟。"

"哎呀，你不用特别为我安排，我跟着你走就好了。"

"这就是我想走的路线！我不喜欢清水寺，但喜欢从京都车站到清水寺的这一段公车。"

"这一段公车有什么特别？"

"你看这些名字：七条京阪前、博物馆三十三间堂，很诗意！"

"还有三千院、百万遍。"

"对啊！"阿川赞叹。

明丽笑了笑。

"笑什么？"

"很少有人到你这年纪还这么多愁善感。"

"我不同意。"

"你不同意'到这年纪'还是'多愁善感'？"

"我不同意'很少有人'，"阿川注视着她，"其实你也很多愁善感好不好。"

"哈！"明丽大笑出来，"我多愁善感？我在银行上班，做风险控管耶！"

"那又怎样？这跟你多愁善感不冲突啊！"

"你从哪里看出我多愁善感？"

"常寂光寺。"

"什么？"

"那天电话里你说，京都你唯一想去的地方，是常寂光寺。"

明丽沉默。

"通常我朋友来日本，都指定要逛药妆店、Bic Camera。你却说了一个名不见经传的小庙。这背后一定有一个故事！"

明丽没有回答，阿川也不追问。

"常寂光寺等等，我们先去清水寺。"

下了公车，有些小雨。他们撑起伞，过了马路，立刻看到人潮。走向清水寺的小道，举头就是枫树。夜空下，散发出得了病、发了疯似的暗红。明丽拿起手机拍，阿川说："我帮你拍一张吧。"

"我们自拍。"

"哇，第一张自拍！"

"我们在颐和园自拍过啊！"

"记得这么清楚喔！"

进了清水寺，人潮更为集中。人和人，伞和伞，都挤在一起。窄路时，明丽甚至可以听到背后台湾游客讲国语的声音。

"后面是台湾人耶！"明丽说。

阿川逗她："搞不好是我女友的朋友，甚至家人，我们走快一点。"

同一株枫树的叶子从绿到红，在灯光下更为明显。茂密地挤在一起，谁也不让谁。仿佛在争辩着一些没有答案的问题，比如说，明丽和阿川，到底是什么关系。

清水寺走一圈，拥挤的程度像去了一趟 101 前的跨年。

离开清水寺，走向五条通，阿川要到便利商店买东西。

"伞给我吧。"明丽接下，"我在外面等你。"

雨停了。明丽站在门口，眼前的游客络绎不绝。

她把阿川的折叠伞甩干，一叶一叶拉开、折好，重叠，然后扣上。

阿川走出来，明丽把伞给他，说："雨停了！"

阿川收下伞，好像接下一座奖杯。

"干吗，没人帮你折过伞啊？"

"还真没有。"

"我曾经认识一个男人，他会这样帮我折伞。"

"很细腻，但没必要。"

"为什么？"

"雨马上又要下了啊！你这样折，我都不敢用了！"

他们经过"祇园"，走到鸭川边，倚着桥墩，吹着冷风。

"我们去的地方都有桥。"明丽说。

"对喔，上次是颐和园的十七孔桥……"

"下次约在台北的'华江桥'吧，比较适合我们的调调。"

"说到桥，你知道他们把巴黎'艺术桥'上的爱之锁都拆掉了。"

"'爱之锁'是什么?"

"情人把他们的姓氏的第一个字母刻在一把锁上,把锁绑在墙上,然后把钥匙丢进塞纳河。"

"很浪漫啊!为什么要拆?"

"因为累积了几十万个铁锁,桥快撑不住了。"

"哈!"明丽说,"可见爱情是很沉重的!"

"这就是你一直不结婚的原因吗?"

明丽转头看着阿川,笑一笑:"别说我,那你呢?"

"我结过婚啊!"

"但你把那锁拆了。"

"因为快把我这个桥给压垮了。"

"你想再婚吗?"明丽问。

阿川点点头:"Penny 想结婚、生小孩。"

"你自己呢?"

"我也想生小孩。"

"所以你们会结婚啰!"

"应该会吧。如果过得了她爸爸那一关。"

"她爸爸的年纪……"

"没大我几岁。"

"那怎么过这一关?"

"我跟她爸说:'我跟 Penny 结婚。前二十年,我照顾她。后二十年,她照顾我。'"

"听起来很合理!"

"她爸觉得完全不合理。"

"为什么?"

"他说首先,我又不是事业有成,现在还在创业,拿什么照顾 Penny?"

"这倒是!"

"其次,他说,你数学好不好?前二十年,你照顾她。后二十年,她照顾你。四十年后你走了,Penny 还有二十年怎么办?"

"好厉害的爸爸!你怎么说?"

"我说:'那就让我们的小孩照顾妈妈!'"

明丽笑了笑,拍拍阿川的肩膀,然后往河的南边,人少的地方走去。

婚姻的话题,让她彻底感受到鸭川的冷。

她跟阿川来京都,没有期待。一路以来,他也知道阿川有女友。但当阿川提到要跟 Penny 结婚、生小孩时,她的心,还是少跳了一下。她的眼皮细碎地抖动,像"祇园"门口那些艺伎的步伐。

她走开,不想让阿川看到她露馅的表情。

你在自怜什么?

大老远跑来日本自怜?

枫叶这么美?你这么憔悴?

"你要去哪里?"阿川问。

她没有回答。鸭川的水很湍急,但她决心不让水流进眼睛。

她可以听到阿川的脚步,跟着她而来。阿川没有说话,只是稳定地跟着。

走了十分钟后，后面传来声音："你这样走下去，要走到大阪了！"

她停下来，身后阿川的脚步也停下。她喘口气，嘴巴吐出雾气。她想起上过的瑜伽课，吸气、吐气、吸气、吐气，"Empire State of Mind""Empire State of Mind"……

她用手按了一下眼沟，这次她守住了。

她看着自己的脚，鞋带松了。她放下伞，蹲下来绑鞋带。阿川跑上来，站在她旁边，帮她撑着伞。

她喜欢这个小动作。但阿川对她来说，就是一些小动作的集合，不可能加总成一个大局面。她自己清楚地知道，这不是她这个阶段需要的。

她用力拉扯鞋带，绑紧泪腺。

我不是在冷风中沿河漫步的那种人，不，从小就不是，干吗从今晚开始？干吗给日本人看笑话？

她站起来，转过身，对阿川装出一个灿烂的笑容，大声宣布："我累了，我们回旅馆吧！"

5

第二天早上，明丽和阿川在旅馆里吃早餐。邻桌都是商务旅行的日本人，脸上的表情比西装的颜色还沉重。他们默默地吸荞麦面，没有交谈。头顶的电视播着日本新闻，也调成静音。

阿川的手机响起："对不起，我接个电话……"

他拿起来，背对着她，走到一旁去接。明丽看着他的背影，嚼着千丝万缕的纳豆。

他挂下电话，回到座位，脸色凝重，没有解释电话的内容，只是问："吃饱了吗？"

明丽点点头："你呢？"

"我也差不多了。"阿川说，"那我们走吧。"

外面下着雨，他们撑起伞，走向京都车站。

开往岚山的火车，五分钟之后开，明丽说："我去上个厕所。"

"去。我等你！"

明丽从厕所回来，阿川低头滑手机。

火车上挤满上班的人潮，他们靠在扶手杆，随着车厢摇晃。

"你看这些站名：丹波口、太秦、嵯峨岚山……"明丽模仿阿川的口气，"好浪漫！"

"下雨就没那么浪漫了！"

"我倒觉得就是因为下雨才浪漫！"

"那是因为你不用上班。"

你怎么了？

他们在嵯峨岚山下车，往天龙寺方向走去。沿路都是观光客，但因为下雨，没有节庆的热闹，只有清晨的寂寥。明丽还是想炒热气氛："我第一次看到'嵯峨'岚山，还看成'蹉跎'岚山。"

"是啊，时间好快！"

"你会后悔跟我来京都吗？"

"为什么这样问？"

"你早上看起来心情不太好……"明丽帮阿川把雨伞拉近身体，免得雨把他的外套打湿。

"你想太多了。"

明丽沉默了一下，然后说："不要用'你想太多了'来搪塞女人，我们知道我们想了多少。"

像强力胶，气氛立刻就僵了。

"Penny 问我跟谁来京都，我跟她说了。"阿川坦承。

"你不是不想告诉她？"

"她直接问我，我不想骗她。"

"她一定很生气。"

"我跟她说：我敢告诉你，你就不用担心。"

"逻辑上是没错，但有时候我们女人不讲逻辑。"

"她知道你是我朋友，也知道我还有别的女性朋友。"

"其实，我们女人不太相信男女可以单纯做朋友。"

"那你为什么答应跟我来京都？"

"我就说嘛，有时候我们女人不讲逻辑。"明丽笑，"Penny 现在人在哪儿？"

"台湾。她飞美国的那班取消了。"

"我们下午提前回去吧。你跟我一起回台湾。"

"这怎么行？我们昨天才刚来！"

"我们来看枫叶，昨晚看过了。我还想看另一个地方，看完后我也满足了。"

"不需要这样！"阿川说，"而且，机票不好改！"

"是谁跟我讲过：'机票怎么会不好改！我每次坐飞机都改机票！'"明丽模仿阿川在北京的口气。

"这样我对你不好意思。"

"我曾经为你改过一次机票。"明丽说，"如果你真的把我当朋友，就也为我改一次。"

他们走到天龙寺，没有随大部分的人进去。他们站在门口，看着背景山上的云雾。

"走吧。"阿川带明丽离开天龙寺。

他们又走了一小段山路，来到常寂光寺。

如果天龙寺的门面是圆山饭店，常寂光寺就是间小民宿了。

漆黑的木门，向内退缩，好像不想让游客注意到它。

不同层次的枫叶，覆盖在木造的票亭。票亭上悬着一盏四方形的灯，在灰暗的早晨喃喃自语。

他们买了票，拿到棕色的说明书。里面是日文，明丽只隐隐约约地看懂几个汉字：永禄四年（1561 年）、日莲宗大本山、小仓山、滥觞……

但最好的说明书，是眼前的景象：两旁的枫树向中间伸展，抱出一条红色的隧道。隧道两旁的排水沟，堆满了落叶。两盏形状像信箱的灯，站在两旁的石柱上。

他们走了几阶，穿过"仁王门"，看到一条工整的石阶，一路向上……

石阶旁的小丘,乱石散布。石头上的青苔浓重,像在生着闷气。

至于石阶通往哪里,看不出来……

"哇……"阿川不由自主地赞叹。

明丽看到这石阶,想起过去这一年……

每一天,都是一阶。

年初生日时曾说过:这是我单身的最后一年。

现在还可能实现吗?

看着乱石、青苔、落叶,和不知通往何处的石阶……

她也不知要通往何处。

阿川的电话又响了,他走到一旁去接。

明丽独自往上走……

她想起那个介绍她来常寂光寺的男人。

"京都寺庙很多,这是我最喜欢的一个小庙,叫'常寂光寺'。光听这名字,就很浪漫对不对?在京都时好好照顾自己,有空时可以去逛逛。如果真的去了,拍张照片跟我分享。我想看'常寂光寺'在不同季节的样子。"

他跟她认识的其他男人都不同。他没有天龙寺的气派,岚山的神秘,祇园的细致。他就像,眼前这座常寂光寺。

她独自走到台阶尽头,看到本堂。

她拿出手机,拍下眼前的石阶。

然后她找到那男人的微信。

明丽想要写几个字,但她不知道该写些什么。"好久不见""你好吗"那样的字眼,在这样的景色旁都显琐碎。

于是她就单纯地把照片传出去，没有任何说明。

"这就是常寂光寺？"阿川走上来问。

明丽很骄傲地点头。

"介绍一下，我从来没听过这座寺。"

"你转过来。"

阿川转身。

"哇……这景色美！"

视野一层一层，山下是红白相间的建筑工事，远一点是京都市。

明丽说："这里因为高，坐拥整个京都。你在有名的天龙寺，看不到这景。常寂光寺不有名，也不起眼，只是自己默默地、富足地在这里。"

"你该不会想出家吧？"

这时，明丽的微信响起。

她拿起来看，笑了。

"什么讯息让你笑得这么开心？"

"一位朋友。"

"是谁？"阿川问。

明丽没有回答，只是笑。她的笑容，比身后的枫叶还红。

那一刻，在她出生将近三十七年后的一刻，她终于变成她名字所期许的，那个明亮而美丽的女子。

—完—

图书在版编目（CIP）数据

我单身的最后一年 / 王文华著 . -- 北京：作家出版社，
2020.10

ISBN 978 – 7 – 5212 – 1072 – 9

Ⅰ . ①我… Ⅱ . ①王… Ⅲ . ①长篇小说 – 中国 – 当代
Ⅳ . ①I247.5

中国版本图书馆 CIP 数据核字（2020）第 143747 号

我单身的最后一年

作　　者：	王文华
责任编辑：	袁艺方
装帧设计：	天行云翼·宋晓亮
出版发行：	作家出版社有限公司

社　　址：北京农展馆南里 10 号　　　　邮　　编：100125

电话传真：86 – 10 – 65067186（发行中心及邮购部）
　　　　　86 – 10 – 65004079（总编室）

E – mail: zuojia@zuojia. net. cn

http: // www. zuojiachubanshe. com

印　　刷：	北京盛通印刷股份有限公司
成品尺寸：	140 × 203
字　　数：	180 千
印　　张：	10.75
版　　次：	2021 年 5 月第 1 版
印　　次：	2021 年 5 月第 1 次印刷
ISBN	978 – 7 – 5212 – 1072 – 9
定　　价：	48.00 元

作家版图书，版权所有，侵权必究。

作家版图书，印装错误可随时退换。